新書漢文大系 39

唐宋八大家文読本〈蘇軾〉

向嶋成美・高橋明郎◉著／王連旺◉編

明治書院

目　次

唐宋八大家文読本〈蘇軾〉

解説

蘇軾（一〇三七～一一〇一）、字は子瞻、初めの字は和仲である。東坡居士と号した。眉州眉山（現在の四川省眉山県）の人である。父蘇洵・弟蘇轍とともに三蘇と呼ばれる。北宋の大文人として詩・散文・詞（詩余）・書など、数多くの作品を世に残した。散文に優れることから、唐代の韓愈・柳宗元、宋代の欧陽脩・王安石・曽鞏・父蘇洵・弟蘇轍とともに、唐宋八大家と称される。

嘉祐二年（一〇五七）、二十歳の蘇軾は都の開封で科挙試験に参加し、第二位で合格した。この年、科挙試験の監督官は欧陽脩であった。欧陽脩は当時流行していた太学体と呼ばれる技巧を極めた華麗で難解な文体（駢文）を批判し、監督官をつとめる機会を利用して、洗練された達意の散文による答案を及第させるように採点官の梅堯臣・王珪・梅摯・韓絳らに要求した。こうした試験結果に対し、太学体を学び落第した人たちからの猛抗議を招いたが、結局、この試験結果が蘇軾・蘇轍・曽鞏・程顥・張載といった人材を選抜し、散文の正統的地位を築いた。こうして、欧陽脩が完成させた新しい宋代古文が蘇軾をはじめとする新しい知識層に継承され発展してゆき、中国の文言文の軌範をなした。

蘇軾の散文は父蘇洵の影響を受け、素朴な表現で同類の物を引用し関連させ、譬喩を多く用いることで、文勢が強く、理を説くことに長じている。また彼は「自評文」（孔凡礼『蘇軾文集』巻六十六）において、「吾が文は万斛泉源の如く、地を択ばず皆出だすべし、平地に在れば滔滔汨汨として、一日千里と雖も難き無し。及し其れ山石曲折に与たり、物に随いて形を賦せば、而るに知るべからざるなり。知るべき所の者は、常に当に行くべき所に行き、常に止まらざるべからずに止まる、是の如くなるのみ。其の他は吾と雖も亦た知るべからざるなり。」と自分の文章作法を述べ、事物を描写する際、「行」と「止」の関係を折衷して、行くべきところは行き、そして、止まるべきところで止まることを強調した。

南宋に至って、蘇軾の文章は一層人気が上がった。「蘇文熟、喫羊肉。蘇文生、喫菜羹（蘇文熟せば、羊肉を喫す。蘇文生たれば、菜羹を喫す）」という言葉があり、科挙試験に参加する者は蘇軾の文章を熟知していれば登用されて毎日羊肉のような美食が食べられる。逆に蘇軾の文章に疎ければ落第して毎日野菜のスープのような質素な食事しか食べられない。このような風潮にあって、蘇軾の文章の名篇は『三蘇先生文粋』や『文章軌範』などに収められて、世に広く流布して科挙試験を受ける者の軌範となった。明清に至ってもこの風潮は下火にならず、明・茅坤『唐宋八大家文鈔』、清・沈徳潜『唐宋八大家文読本』などが出版され、明清時代における作文の手本として流行し続けた。

日本においては、室町時代以来、五山を中心に蘇軾の文章がよく読まれた。江戸時代に入ると、『唐宋八大家文読本』が伝わって、広く読まれるようになり、藩校や私塾で教科書として用いられた。

本書は『唐宋八大家文読本』に収められた蘇軾の文章より選出したものである。『唐宋八大家文読本』の蘇軾の文章は、ジャンルによって配列されているが、本書でも、できる限り各ジャンルから文章を取るように、バランスを考慮して十五篇を選んだ。『新釈漢文大系74 唐宋八大家文読本五』『同75 唐宋八大家文読本六』（向嶋成美・髙橋明郎著）を底本とし、本文 解釈 は底本をそのまま用い（「解釈」は、分かりやすさを考慮して、適宜、改行してある）、背景 は底本の注釈を活用した上で、必要に応じて各段の大意を付け加えた。

なお、参考文献として左記のものを挙げておきたい。

・孔凡礼『蘇軾文集』（中華書局、一九八六年）
・孔凡礼『蘇軾年譜』（中華書局、一九九八年）
・横山伊勢雄『唐宋八家文』（学習社、一九八三年）
・筧文生『唐宋八家文』（角川書店、一九八九年）

上㆓神宗皇帝㆒書（神宗皇帝《しんそうこうてい》に上《たてまつ》る書《しょ》）

本文　(1)

年月日《としつきひ》具《ぐ》す。臣近者愚賤《しんちかごろぐせん》を度《はか》らず、輒《たやす》く封章《ほうしょう》を上《たてまつ》り、灯《とう》を買《か》う事《こと》を言《い》う。自《みずか》ら天威《てんい》を瀆犯《とくはん》し、罪赦《つみゆる》されざるに在《あ》るを知《し》り、私室《ししつ》に席藁《せきこう》して、以《もっ》て斧鉞《ふえつ》の誅《ちゅう》を待《ま》つ。而《しか》るに側聴《そくちょう》すること旬《じゅん》を逾《こ》ゆれども、威命至《いめいいた》らず。之《これ》を府司《ふし》に問《と》えば、則《すなわ》ち灯《とう》を買《か》うの事《こと》、尋《つ》いで已《すで》に停罷《ていひ》すと。乃《すなわ》ち陛下《へいか》惟《た》だ之《これ》を赦《ゆる》すのみならず、又能《またよ》く之《これ》を聴《き》くことを知《し》る。驚喜《けいき》望《のぞ》みに過《す》ぎ、以《もっ》て感泣《かんきゅう》するに至《いた》る。何《なん》となれば、過《あやま》ちを改《あらた》むること吝《やぶさか》ならず、善《ぜん》に従《したが》うこと流《なが》るるが如《ごと》きは、此《こ》れ堯舜《ぎょうしゅん》禹湯《うとう》の勉強《べんきょう》して力行《りょくこう》する所《ところ》、秦漢以来《しんかんいらい》の絶《た》えて無《な》くして僅《わず》かに有《あ》る所《ところ》なればなり。顧《おも》うに此《こ》れ灯《とう》を買《か》うは毫髪《ごうはつ》の失《しつ》、豈《あ》に能《よ》く上日月《かみじつげつ》の明《めい》を累《わずら》わさんや。而《しか》るに陛下《へいか》翻然《ほんぜん》として命《めい》を改《あらた》むること、曽《すなわ》ち刻《こく》を移《うつ》さず。則《すなわ》ち所謂《いわゆる》智《ち》天下《てんか》に出《い》でて、至愚《しぐ》に聴《き》き、威《い》四海《しかい》に加《くわ》わりて、匹夫《ひっぷ》に屈《くつ》するなり。臣今《しんいまし》知《し》る陛下《へいか》の与《とも》に堯舜《ぎょうしゅん》たるべく、与《とも》に湯武《とうぶ》たるべく、与《とも》に民《たみ》を富《と》まして刑《けい》を措《お》くべく、与《とも》に兵《へい》を強《つよ》くして戎《じゅう》虜《りょ》を伏《ふく》すべきを。君有《きみあ》ること此《か》くの如《ごと》し。其《そ》れ之《これ》に負《そむ》くに忍《しの》びんや。惟《た》だ当《まさ》に腹心《ふくしん》を披露《ひろ》し、肝胆《かんたん》を捐棄《えんき》し、力《ちから》の至《いた》る所《ところ》を尽《つ》くして、其《そ》の他《た》を知《し》らざるべし。

解釈　某年某月某日、臣蘇軾謹んで奏上いたします。臣は、近ごろ、自分の愚かしさ賤しさを顧みることなく、軽率にも封書を奉り、灯籠お買い入れについて意見を申し上げました。それは、天子のご威光を汚し、冒すものであり、その罪は赦されないものであることが、臣自身わかっておりましたので、自分の部屋で藁草の席に坐臥し、斧鉞の刑具のごとき厳峻なるお沙汰をお待ちしておりました。しかし、十日余り耳をかたむけておりましたが、罪を断ずるご命令はくだらず、開封府の担当者に問い合わせましたところ、灯籠お買い入れの件は、時をおかず、すでに沙汰止みになっておりました。そこではじめて、陛下が臣の罪をお赦しになっただけでなく、臣の諫言を容れて下さったことを知りました。それは望外の驚きであり、喜びであり、感激の余り涙にむせぶほどでした。

　それは何故かと申しますと、陛下におかれましては、少しもためらうことなく過ちを改め、正しい意見には、流れる水の如くすみやかにお聞きとどけ下さり、これは、堯帝・舜帝・禹王・湯王の四人の聖天子が、努力されたことであり、秦代・漢代以来めったにないことだからです。この灯籠お買い入れの一件はほんの些細な過ちでございます。どうして皇帝陛下の日や月のように明らかな品徳を損なうことなどございましょう。ところが陛下は実に迅速にご命令を改められ、少しも時を移されることはございませんでした。これは、いわゆる陛下の英智が天下に抜きん出ているのに、愚人の諫言に耳をかたむけられ、威厳は天下の至るところにおよんでいるのに、一介の男の意見をもおろそかになさらないものであります。臣は、今こそ、陛下が、堯帝や舜帝のような聖帝、湯王や武王のような明君であられ、民を富ませて刑罰を棄てさり、軍を強くして外敵を制圧することができる方だとわかりました。このような聖明なる君主でいらっしゃれば、臣はどうして陛下に背くことができましょうや。臣は、ただ、まごころを抜き、心を砕き、力の限りを尽くして陛下にお仕えするべきであり、その他の事はわかりません。

背景 これは、蘇軾が熙寧二年（一〇六九）に北宋第六代の神宗（趙頊《ちょうきょく》）（一〇四八〜一〇八五）にあてた上奏文である。神宗は即位の当初から、王安石（一〇二一〜一〇八六）を重用して、疲弊しかけていた国家財政の立て直しを計るため、王安石の新法と呼ばれる青苗法・免役法・均輸法・市易法・方田均税法・農田水利法・減兵併営・将兵法・保馬法・保甲法といったさまざまな政治改革に取り込んだ。これらの改革をめぐって、司馬光（一〇一九〜一〇八六）を初めとする旧法党と王安石を初めとする新法党との間に、激しい党争があった。蘇軾は、治平三年（一〇六六）の四月に亡くなった父蘇洵の喪があけて、熙寧二年二月、蜀から都の開封に帰還した後に、殿中丞直史館判官告院に叙せられた。この文章は、王安石の新法に対し、逐一反論を展開したものである。蘇軾は、この奏議に先立って「諫買浙灯状」を上奏し、神宗はこれを聞き入れ、灯籠の購入を思いとどまったという経緯がある。

(2)

本文　乃者《このごろ》臣《しん》亦《ま》た天下《てんか》の事灯《こととう》を買《か》うよりも大《だい》なる者有《ものあ》るを知《し》る。而《しか》るに独《ひと》り区区《くく》として此《これ》を以《もっ》て先《さき》と為《な》すは、蓋《けだ》し未《いま》だ信《しん》ぜられずして諫《いさ》むるは、聖人与《せいじんくみ》せず、交《まじ》わり浅《あさ》くして言深《げんふか》きは、君子《くんし》の戒《いまし》むる所《ところ》なり。是《ここ》を以《もっ》て試《こころ》みに其《そ》の小《しょう》なる者《もの》を論《ろん》じて、其《そ》の大《だい》なる者《もの》は固《もと》より将《まさ》に待《ま》つこと有《あ》りて而《しか》る後《のち》に言《い》わんとす。今陛下《いまへいか》果《は》たして赦《ゆる》して誅《ちゅう》せざれば、則《すなわ》ち是《こ》れ既《すで》に已《すで》に之《これ》を許《ゆる》す。許《ゆる》されて言《い》わざれば、臣則《しんすなわ》ち罪有《つみあ》り。是《ここ》を以《もっ》て終《つい》に之《これ》を言《い》わんことを願《ねが》う。臣《しん》の言《い》わんと欲《ほっ》する所《ところ》の者《もの》は三《み》つあり。願《ねが》わくは陛下《へいか》人心《じんしん》を結《むす》び、風俗《ふうぞく》を厚《あつ》くし、紀綱《きこう》を存《そん》せんのみ。

解釈　さきごろ、臣はまた、天下の事には、灯籠お買い入れの一件よりも、もっと重大な事があることがわかりました。臣が、ただこのような取るに足らない小さな事を先に陛下に申し上げたのは、まだ信任を得ていないのにお諫めしても、天子はとりあってなど下さらないだろうし、交わりが浅いのに腹蔵なく話すのは、天子の警戒なさるところだと思ったからです。そこで臣は、小さな事を試しに論じてみて、重大な事については時機を待ち、後に進言しようと思いました。今、陛下が、果たして臣の罪をお赦しになり、処罰されなかったのは、臣が思うところを存分に申し上げることを、すでにお許しになっているからであります。許されているのに申し上げなければ、臣は罪を犯すことになります。よって、臣の考えるところをすべて申し上げたいと存じます。

　臣の申し上げたいことには三つございます。つまり、陛下には、天下の人心を掌握し、社会の気風を丁寧なものにし、国家の制度や紀律を堅持していただきたいのです。

背景　この上奏文は「人心を結ぶ」「風俗を厚くす」「紀綱を存す」の三つの主張からなっている。「人心を結ぶ」では、制置三司条例司という名の機関を設置する弊害、各地方に使者を派遣する弊害、水利政策の失当、民を徴発して労役につかせる弊害、均役法の欠点などについて反論し、「風俗を厚くす」では、青苗法や人事・爵録制度を批判し、「紀綱を存す」では、国家統治の制度を守り、御史官を推奨することを勧めている。本書において抜粋した箇所は、「人心を結ぶ」「風俗を厚くす」「紀綱を存す」の冒頭にある総論の部分と結びの部分である。

(3)

本文　人恃《ひとたの》む所有《ところあ》らざるは莫《な》し。人臣《じんしん》は陛下《へいか》の命《めい》を恃《たの》む。故《ゆえ》に能《よ》く小民《しょうみん》を役使《えきし》す。陛下《へいか》の法《ほう》を恃《たの》む。故《ゆえ》に能《よ》く強暴《きょうぼう》を勝伏《しょうふく》す。人主《じんしゅ》の恃《たの》む所《ところ》の者《もの》に至《いた》りては誰《たれ》ぞや。書《しょ》に曰《いわ》く、予兆 民《われちょうみん》に臨《のぞ》む、懍乎《りんこ》として朽索《きゅうさく》の六馬《ろくば》を馭《ぎょ》するが若《ごと》し、と。天下《てんか》人主《じんしゅ》よりも危《あや》うきは莫《な》きを言《い》うなり。聚《あつ》まれば則《すなわ》ち君臣《くんしん》たり、散《さん》ずれば則《すなわ》ち仇 讎《きゅうしゅう》たり。聚散《しゅうさん》の間《あいだ》、毫釐《ごうり》を容《い》れず。故《ゆえ》に天下《てんか》帰往《きおう》する、之《これ》を王《おう》と謂《い》う。人各〻心 有《ひとおのおのこころあ》る、之《これ》を独夫《どくふ》と謂《い》う。此《これ》に由《よ》りて之《これ》を観《み》れば、人主《じんしゅ》の恃《たの》む所《ところ》の者《もの》は、人心《じんしん》のみ。人心《じんしん》の人主《じんしゅ》に於《お》けるや、木《き》の根有《ねあ》るが如《ごと》く、灯《ともしび》の膏有《あぶらあ》るが如《ごと》く、魚《うお》の水有《みずあ》るが如《ごと》く、農夫《のうふ》の田有《でんあ》るが如《ごと》く、商賈《しょうこ》の財有《ざいあ》るが如《ごと》し。木根《きね》無《な》ければ則《すなわ》ち槁《か》れ、灯 膏 無《ともしびあぶらな》ければ則《すなわ》ち滅《き》え、魚水《うおみず》無《な》ければ則《すなわ》ち死《し》し、農夫田《のうふでん》無《な》ければ則《すなわ》ち饑《う》え、商賈財《しょうこざい》無《な》ければ則《すなわ》ち貧《まず》しく、人主人心《じんしゅじんしん》を失《うしな》えば則《すなわ》ち亡《ほろ》ぶ。此《こ》れ必然《ひつぜん》の理《り》なり。逭《のが》るべからざるの災《わざわ》いなり。其《そ》の畏《おそ》るべしと為《な》す、古《いにしえ》より以《もっ》て然《しか》り。苟《いやし》くも禍《わざわ》いを楽《たの》しみ亡《ぼう》を好《この》み、狂易《きょうえき》して志《こころざし》を喪《うしな》うに非《あら》ずんば、詎《なん》ぞ敢《あ》えて其《そ》の胸臆《きょうおく》を肆《ほしいまま》にし、軽々《かろがろ》しく人心《じんしん》を犯《おか》さんや。

解釈　人にはみな頼りとするものがございます。臣下は、陛下のご命令を頼りといたしますが故に、しもじもの者たちを使うことができますし、陛下のご法令を頼りといたしますが故に、強暴なる者を押さえつけ従わせることができるのでございます。それでは君主が頼りとなさるものとは、誰なのでございましょうか。『尚書』に「予は億兆の民に臨むにあたっては、朽ちた手綱で六頭だての馬車を御するかのように、恐れ慎んでいる」とございます。これは、この世には君主ほどその存在が危ういものはない、と言っているのでございます。民の心が君主に集まれば、君主と臣下という関係ができますが、散り散りに離れますと、仇敵のような関係になってしまいます。民の心が集まるか散じるかの差は、極めて小さなものでございます。よって天下の民が心を寄せ、つき従うような者を王というのであり、民の心がばらばらに離れてしまい、ひとり孤立しているような者を独夫というのでございます。このように考えてきますと、君主が頼りとなさるのは、人心だけであることがわかります。人心は君主にとって、樹木に根があるようなものであり、燈火に膏があるようなものであり、魚に水があるようなものであり、農夫に田地があるようなものであり、商人に財物があるようなものでございます。樹木は根がなければ枯れ、燈火は膏がなければ消え、魚は水がなければ死に、農夫は田地がなければ飢え、商人は財物がなければ貧窮し、君主は人心を失えば滅びてしまうのでございます。これは必然の道理であって、避けることのできない災いでございます。人心が畏怖すべきものであることは、昔からそのようでございました。仮にも禍乱をおもしろがり、滅亡を好むのであったり、心が狂って常の性質が変わり、志を失ったりするのでない限り、どうしてむやみに思うがままに振る舞って、軽々しく人心をそこなったりいたしましょうか。

(4)

本文

昔《むかし》子産《しさん》載書《さいしょ》を焚《や》きて以《もっ》て衆言《しゅうげん》を弭《や》め、伯石《はくせき》に賂《まいな》うて以《もっ》て巨室《きょしつ》を安《やす》んず。以為《おもえ》らく衆怒《しゅうど》は犯《おか》し難《がた》く、専欲《せんよく》は成《な》し難《がた》し、と。而《しか》して孔子《こうし》も亦《ま》た曰《い》わく、信《しん》ぜられて而《しか》る後《のち》に其《そ》の民《たみ》を労《ろう》す。未《いま》だ信《しん》ぜられざれば則《すなわ》ち以《もっ》て己《おのれ》を厲《や》ましむと為《な》すなり、と。唯《た》だ商鞅《しょうおう》法《ほう》を変《へん》じて、人言《じんげん》を顧《かえり》みず。能《よ》く驟《にわ》かに富強《ふうきょう》を致《いた》すと雖《いえど》も、亦《ま》た以《もっ》て怨《うら》みを天下《てんか》に召《まね》き、其《そ》の民《たみ》をして利《り》を知《し》りて義《ぎ》を知《し》らず、刑《けい》を見《み》て徳《とく》を見《み》ざらしむ。天下《てんか》を得《う》と雖《いえど》も、踵《くびす》を旋《めぐ》らして亡《ほろ》び、其《そ》の身《み》に至《いた》りても、亦《ま》た卒《つい》に免《まぬか》れず。罪《つみ》を負《お》い出走《しゅっそう》して、諸侯《しょこう》納《い》れず。車裂《しゃれつ》して以《もっ》て狥《とな》うるも、秦人《しんぴと》哀《あわ》れむ莫《な》し。君臣《くんしん》の間《あいだ》、豈《あ》に此《か》くの如《ごと》くなるを願《ねが》わんや。宋《そう》の襄公《じょうこう》は仁義《じんぎ》を行《おこな》うと雖《いえど》も、衆《しゅう》を失《うしな》いて亡《ほろ》び、田常《でんじょう》は不義《ふぎ》なりと雖《いえど》も、衆《しゅう》を得《え》て強《つよ》し。是《ここ》を以《もっ》て君子《くんし》は未《いま》だ行事《こうじ》の是非《ぜひ》を論《ろん》ぜず、先《ま》ず衆心《しゅうしん》の向背《こうはい》を観《み》る。謝安《しゃあん》の諸桓《しょかん》を用《もち》うるは、未《いま》だ必《かなら》ずしも是《ぜ》ならず。而《しか》れども衆《しゅう》の楽《たの》しむ所《ところ》なれば、則《すなわ》ち国《くに》以《もっ》て乂安《がいあん》なり。庾《ゆ》亮《りやう》の蘇《そ》峻《しゆん》を召《よ》ぶは、未《いま》だ必《かなら》ずしも非《ひ》ならず。而《しか》れども勢《いきお》いに不可《ふか》なること有《あ》れば、則《すなわ》ち反《かえ》つて危辱《きじよく》を為《な》す。古《いにしえ》より今《いま》に及《およ》ぶまで、未《いま》だ和易《わい》にして衆《しゆう》に同《おな》じくして安《やす》からず、剛果《がうか》にして自《みずか》ら用《もち》いて危《あや》うからざる者《もの》は有《あ》らざるなり。

解釈　昔、子産は、載書を焼きすてることで民衆の恨み言をおさえ、伯石に賄賂として城邑を贈ることで権勢の大きな貴族を安定させました。民衆の怒りには逆らいにくく、自分一人の欲だけを貫くのも成就しがたいものだと考えたからでございます。そして孔子もまた「信頼されてからはじめてその民を使わなくてはならない。まだ信頼されていなければ、民は自分たちを苦しめていると考えるものだ」と言っておられます。ただ商鞅だけは、法律を変えることはあっても、人々の意見を顧みようとはしませんでした。その結果、急速に秦国を富ませ強大にすることはできましたけれども、それで天下の怨みを招くこととなり、秦の民に利益については分からせても、人としての義理は分からせませんでしたし、刑罰については意識させても、道徳のことは顧みないようにさせてしまったのでございます。秦国は天下は取ったけれども、あっという間に亡び去りました。商鞅自身もまた結局破滅から免れることはできず、謀反者としての罪を背負って出奔しましたが、諸侯はその身柄を引き受けようとはしませんでした。秦の恵王は、商鞅を車裂きの刑に処し、見せしめのために市中を引き回しましたが、秦の人たちは誰もその死を悼み悲しく思う者はおりませんでした。君主と臣下の間柄が、どうしてこのようであることを願いましょうか。宋の襄公は、敵の楚軍に対して仁義をほどこしましたが、かえって民衆の信頼を失って亡びてしまいました。田常は、斉国の政権を奪うという不義をはたらいた者ですが、民衆の信頼を得て強大になりました。こうしたわけで、君子は行った政事が正しかったか間違っていたかを問題にするのではなく、先ずは民衆の心が自分に向かっているのか、それとも背を向けているのかを観察するのでございます。謝安が数人の桓氏を要地に封じたことは、必ずしも正しくはございませんでした。しかし、多くの人々から歓迎されたので、国は安らかに治まりました。庾亮が兵権を奪うために蘇峻を都に召喚したことは、必ずしも間違ってはおりませんでした。しかし、ことの成り行きに無理があったので、かえって危害をこうむり、辱めをうけることになってしまいました。昔から今にいたるまで、民衆とうち融け合って睦まじくしていながら、落ち着き安まることがなかったり、片意地でひとりよがりなのに、危険にさらされないようなことは、いまだかつてなかったのです。

背景　春秋時代、鄭の名宰相・子産は列国との盟約を記載した不合理な文書（載書）を焚き捨て、民衆の憤りをおさめ、権勢の大きな貴族の伯石を籠絡するのに、鄭の城邑を与えて巨室を安定させた。これで、国家政権を堅牢なものにすることができたのである。

秦の孝公の治世（前三六一～三三八）に、商鞅は甘竜《かんりゅう》・杜摯《とし》ら旧臣の猛反対にあったが、農業の奨励、軍功の鼓励、県制の推行、井田法の廃止、度量衡の統一など、徹底した富国強兵策を実行し、秦の中原統一の基礎を築いた。商鞅の変法は、秦の国力増強には有効な方策であったが、重刑主義、連座制、世襲貴族の特権の廃止、公平無私の法の適用など、貴族階級を中心に憤懣が蓄積した。孝公が卒し、太子の恵王が即位するや、公子虔らが商鞅の謀反を誣告したため、恵王は官吏を派遣してこれを捕縛しようとした。商鞅は魏へ奔ったが、かつて魏を破ったため受け入れられなかった。魏に拒絶された商鞅は秦に戻り、恵王は彼を車裂きの刑に処し、その一族も誅滅したが、秦の人は哀れむ者がいなかった。

春秋時代の宋襄公（前六五〇〜六三七）は楚と覇を争い、泓水《こうすい》で戦った。この時襄公は、楚兵が渡河している間に攻めようという司馬の勧告をきかず、「仁義」を説いて、楚軍の陣が整うのを待ってから攻めたため、大敗を喫し、死に至った。

春秋時代、斉の田常は、斉国の人々の心を収攬してから、紀元前四八一年、斉の簡公を殺し、弟の平公を立て、宰相になった。

東晋の謝安（三二〇〜三八五）は淝水《ひすい》の戦い（三八三年）の功績により、太保に昇進した。折しも荊州刺史の桓沖《かんちゅう》が死んだので、ここにこの戦いの主将であった甥の謝玄を封じるべきだという世論があった。しかし、謝安は朝廷の誤解を招くこと、そして、桓氏が失職して遺恨を残すことを恐れて、桓氏ら三人を荊州など三州に封じた。

東晋の成帝の時、冠軍将軍、歴陽内使の蘇峻《そしゅん》（?～三二八）は、亡命の徒を多く受け入れ、万人に及ぶ鋭卒を有した。庾亮《ゆりょう》（二八九～三四〇）は、蘇峻が必ず反旗を翻すと考え、その兵権を剝奪するために、召し出して大司農にしたが、温嶠《おんきょう》ら重臣の反対にあった。かくて蘇峻は挙兵し、京師を陥落させ、庾亮は三人の弟とともに敗走することとなった。

(5)

本文　士《し》の言《げん》を進《すす》むる者《もの》、少《すく》なからずと為《な》す。亦《ま》た嘗《かつ》て国家《こっか》の存亡《そんぼう》する所以《ゆえん》、歴数《れきすう》の長短《ちょうたん》なる所以《ゆえん》を以《もっ》て、陛下《へいか》に告《つ》ぐる者有《ものあ》りや。夫《そ》れ国家《こっか》の存亡《そんぼう》する所以《ゆえん》の者《もの》は、道徳《どうとく》の浅深《せんしん》に在《あ》りて、彊《つよ》きと弱《よわ》きとに在《あ》らず。歴数《れきすう》の長短《ちょうたん》なる所以《ゆえん》の者《もの》は、風俗《ふうぞく》の厚薄《こうはく》に在《あ》りて、富《と》めると貧《まず》しきとに在《あ》らず。道徳誠《どうとくまこと》に深《ふか》く、風俗誠《ふうぞくまこと》に厚《あつ》ければ、貧《まず》しく且《か》つ弱《よわ》しと雖《いえど》も、長《なが》くして存《そん》するを害《がい》せず。道徳誠《どうとくまこと》に浅《あさ》く、風俗誠《ふうぞくまこと》に薄《うす》ければ、彊《つよ》く且《か》つ富《と》めりと雖《いえど》も、短《みじか》くして亡《ほろ》ぶるを救《すく》わず。人主此《じんしゅこれ》を知《し》れば、則《すなわ》ち軽重《けいちょう》する所《ところ》を知《し》る。

解釈　士人で朝廷に自分の意見を進言する者は、少なくありません。ところがその中に、国家がなぜ存続したり滅亡したりするのかというわけ、また王朝の運命がなぜ長かったり短かったりするのかというわけについて、かつて陛下に申し上げた者がおりましたでしょうか。そもそも国家が存続したり滅亡したりするのは、国にどれほど道徳が浸透しているかの度合いによって決まるのであって、国力が強いか弱いかは関係ありません。また王朝の運命が長いか短いかについても、社会の風習がどれほど手厚いかという度合いによって決まるのであって、社会が富んでいるか貧しいかは関係ありません。国に道徳が深く浸透し、社会の風習が手厚いものであれば、社会が貧しく国力が弱くでも、国家が長く存続するのに何ら障害はありません。逆に国に道徳があまりなく、社会の風習が浮薄なものであれば、国力がいかに強大で社会がいかに富んでいようとも、国家が短命で亡んでしまうのを救うことはできないのです。人君たるかたはこの道理がお分かりになれば、何を重視し、何を軽視すべきかを了解なさる筈です。

本文　(6)

是《ここ》を以《もっ》て古《いにしえ》の賢君《けんくん》は、弱《よわ》きを以《もっ》てして道徳《どうとく》を失《うしな》わず、貧《まず》しきを以《もっ》てして風俗《ふうぞく》を傷《やぶ》らず。而《しか》して智者《ちしゃ》の人《ひと》の国《くに》を観《み》るは、亦《ま》た必《かなら》ず此《これ》を以《もっ》て之《これ》を察《さつ》す。斉《せい》は至強《しきょう》なり。周公《しゅうこう》は其《そ》の後必《のちかなら》ず簒弑《さんし》の臣有《しんあ》らんことを知《し》る。衛《えい》は至弱《しじゃく》なり。季子《きし》は其《そ》の後《おく》れて亡《ほろ》びんことを知《し》る。呉楚《ごそ》を破《やぶ》りて郢《えい》に入《い》り、而《しか》して陳《ちん》の大夫逢滑《たいふほうかつ》は楚《そ》の必《かなら》ず復《ふく》せんことを知《し》る。晋武既《しんぶすで》に呉《ご》を平《たい》らげ、何曽《かそうそ》其の将《まさ》に乱《みだ》れんとすることを知《し》る。隋文既《ずいぶんすで》に陳《ちん》を平《たい》らげ、房喬《ぼうきょう》は其《そ》の久《ひさ》しからざらんことを知《し》る。元帝《げんてい》は郅支《しつし》を斬《き》り、呼韓《こかん》を朝《ちょう》せしめ、功武宣《こうぶせん》よりも多《おお》し。安《あん》を偸《ぬす》みて王氏《おうし》の釁生《きんしょう》ず。宣宗《せんそう》は燕趙《えんちょう》を収《おさ》め、河隍《かこう》を復《ふく》し、力憲武《ちからけんぶ》よりも強《つよ》し。兵《へい》を銷《しょう》して龐勛《ほうくん》の乱起《らんお》こる。故《ゆえ》に臣陛下《しんへいか》の務《つと》めて道徳《どうとく》を崇《たっ》とびて風俗《ふうぞく》を厚《あつ》くせんことを願《ねが》いて、陛下《へいか》の有功《ゆうこう》に急《きゅう》にして富強《ふうきょう》を貪《むさぼ》ることを願《ねが》わず。陛下《へいか》をして富《と》めること隋《ずい》の如《ごと》く、強《つよ》きこと秦《しん》の如《ごと》く、西《にし》のかた霊武《れいぶ》を取《と》り、北《きた》のかた燕薊《えんけい》を取《と》らしめば、之《これ》を有功《ゆうこう》と謂《い》いて可《か》なり。而《しか》れども国《くに》の長短《ちょうたん》は、則《すなわ》ち此《ここ》に在《あ》らず。

解釈

ですから、昔の賢君たちは、国力が弱いからといって道徳をないがしろにすることなく、またいかに社会が貧しくとも風習までもが浮薄に流れるようなことはなさいませんでした。そして智恵のある人が他人の国を見る場合でも、やはり必ずこの点から観察するのです。春秋戦国時代の斉は、きわめて強大な国でした。しかし周公旦は、後世きっとこの国に君主を殺害して国を奪い取る臣下が出るであろうことを見抜いていました。また同じ春秋戦国時代の衛は、きわめて弱小の国でした。しかし呉から使者として訪れた季札は、この国が他の諸国より長く存続するであろうことを予測していたのです。春秋時代の末のころ、呉の国が楚の国を破って都の郢を陥れたことがありましたが、陳の国の大夫をつとめていた逢滑は楚の国が必ず回復するであろうことを予測していました。西晋の武帝は南の呉を平定して天下を統一しました。功臣の何曽はこの王朝がやがて混乱するだろうと予測していました。また隋の文帝も南朝の陳を平定して天下を統一しましたが、次の唐初の重臣として知られる房玄齢は隋の王朝が短命で終わることを予測していたのです。漢の元帝は、匈奴の郅支単于を斬り、呼韓邪単于を来朝させたということで、その功績は武帝や宣平よりも多大でありますが、かりそめの安逸をむさぼったがために、やがて外戚の王莽によって王朝が簒奪されるという破綻を来してしまいました。また唐の宣宗は、北の燕趙の地を収め取り、西の河隍の地を回復して、その威力は憲宗や武宗より強大でありますが、兵員の補充しなかったという怠慢のために、龐勛の反乱を引き起こしてしまったのです。ですから、臣は、陛下がつとめて道徳を大切になさり、社会の風習を手厚いものとなさるようお願い申し上げたく存じますが、陛下がご功績を上げることに懸命になられたり、国が富み強大になることを貪欲に求められたりなさるようなことは期待いたしておりません。もし陛下が隋のように国の財政を豊かになさり、また秦のように国の軍事力を強大になさり、西方では西夏の手に落ちている霊武を奪還なさり、北方では遼の手に落ちている燕趙の地を奪取なさるようなことがあれば、それは大きなご功績といってよろしゅうございましょう。しかし国家が長く続くかどうかはそのことと関係がないのです。

(7)

本文 夫《そ》れ国《くに》の長短《ちょうたん》は、人《ひと》の寿夭《じゅよう》の如《ごと》し。人《ひと》の寿夭《じゅよう》は、元気《げんき》に在《あ》り。国《くに》の長短《ちょうたん》は、風俗《ふうぞく》に在《あ》り。世《よ》尫羸《おうるい》にして寿考《じゅこう》なる有《あ》り。亦《ま》た盛壮《せいそう》にして暴亡《ぼうぼう》する有《あ》り。若《も》し元気《げんき》猶《な》お存《そん》すれば、則《すなわ》ち尫羸《おうるい》にして害無《がいな》し。其《そ》の已《すで》に耗《こう》するに及《およ》びては、則《すなわ》ち盛壮《せいそう》にして愈〻《いよいよ》危《あや》うし。是《ここ》を以《もっ》て善《よ》く生《せい》を養《やしな》う者《もの》は起居《ききょ》を慎《つつし》み、飲食《いんしょく》を節《せっ》し、関節《かんせつ》を導引《どういん》し、故《こ》を吐《は》き新《しん》を納《い》れ、已《や》むを得《え》ずして薬《くすり》を用《もち》うれば、則《すなわ》ち其《そ》の品《ひん》の上《じょう》、性《せい》の良《りょう》、以《もっ》て久《ひさ》しく服《ふく》して害無《がいな》かるべき者《もの》を択《えら》ぶ。則《すなわ》ち五《ご》臓和《ぞうわ》平《へい》にして寿命長《じゅみょうなが》し。善《よ》く生《せい》を養《やしな》わざる者《もの》は、節慎《せっしん》の功《こう》を薄《うす》しとし、吐納《とのう》の効《こう》を遅《おそ》しとし、上薬《じょうやく》を厭《いと》いて下品《かひん》を用《もち》い、真気《しんき》を伐《う》ちて強陽《きょうよう》を助《たす》く。根本已《こんほんすで》に危《あや》うく、僵仆《きょうぼく》せんこと日《ひ》無《な》し。天《てん》下《か》の勢《いきお》いは、此《これ》と殊《こと》なる無《な》し。故《ゆえ》に臣願《しんねが》わくは陛下《へいか》風俗《ふうぞく》を愛惜《あいせき》すること元気《げんき》を護《まも》るが如《ごと》くせんことを。

解釈 そもそも国が長く続くか短くて終わるかは、人が長生きするか早死にするかのようなものです。人の寿命は、人間の身体を成り立たせる上での根本となる元気によって決まります。また国の存亡は、社会の風習のいかんによって決まるのです。世の中には、病弱でありながら長生きする人もあれば、また大変に丈夫であっても突然に死ぬ人もあります。もし元気がまだ残っていれば、病弱であっても別に障害はありません。しかし元気が消耗してしまうと、いかに丈夫であろうともいよいよ危険なことになるのです。ですからよく生命を奪う者は、日常生活を慎重に送り、飲み物、食べ物は節度をもって取るようにし、身体の緊張をほぐして深呼吸をして、古い気を吐き出して新しい気を吸い込み、やむを得ずに薬を使う時は、品質が上等で性能がよく、長く服用しても害のないものを選びます、そうすると、体内の諸器官が順調に働き、寿命が長くなるのです。よく生命を養うことのできない者は、節度をもって飲み物、食べ物をとり、慎重に日常生活を送ることの効能を大したことはないとして軽んじ、古い気を吐いて新しい気を吸う深呼吸を効き目が遅いといって侮り、上等の薬をいやがって下等の品物を使い、元気を損なって、のぼせるような過剰の陽気を助長しています。それで根本の元気が危険な状態となって、まもなく倒れて死んでしまうのです。世の中の形勢も、これと異なるところはありません。ですから、陛下におかれましては、ちょうど長生きをする者が元気をよく保っているように、社会の風習を大切になさって下さいますよう、お願い申し上げるのです。

(8)

本文　古《いにしえ》は国《くに》を建《た》つるや、内外相制《ないがいあいせい》し、軽重《けいちょう》相権《あいけん》せしむ。周《しゅう》の如《ごと》く唐《とう》の如《ごと》きは、則《すなわ》ち外重《そとおも》くして内軽《うちかろ》し。秦《しん》の如《ごと》く魏《ぎ》の如《ごと》きは、則《すなわ》ち外軽《そとかろ》くして内重《うちおも》し。内重《うちおも》きの末《すえ》は、必《かなら》ず姦臣鹿《かんしんしか》を指《ゆび》さすの患《うれ》い有《あ》り。外重《そとおも》きの弊《へい》は、必《かなら》ず大国鼎《たいこくかなえ》を問《と》うの憂《うれ》い有《あ》り。聖人盛《せいじんさか》んなるに方《あ》たりて衰《おとろ》うるを慮《おもんばか》る。当《まさ》に先《ま》ず法《ほう》を立《た》てて以《もっ》て弊《へい》を救《すく》うべし。国家《こっか》の租賦《そふ》計省《けいしょう》に籍《せき》し、重兵京師《じゅうへいけいし》に聚《あつ》まる。古《いにしえ》を以《もっ》て今《いま》を揆《はか》れば、則《すなわ》ち内重《うちおも》きに似《に》たり。

解釈　昔は国を建てるには、中央と地方とがたがいに均衡がとれるようにし、権力の軽重をたがいに調整できるようにしたものです。周王朝の末期や唐王朝の末期などは、地方の力が強くなりすぎ、中央の力が弱かった場合ですし、秦の国や三国の魏などは、逆に地方の力が弱く、中央の力が強大であった場合です。中央の力が強かった国の末には、秦の国で邪悪の臣の趙高が二世皇帝に対し鹿を馬だといって侮るような不祥事が起こりましたし、地方の力が強すぎた弊害としては、春秋時代の大国の秦が宗主国の周王朝の祭器である鼎の重さをたずねて侮るという不祥事が起こりました。聖天子は、国力が盛んな時に、衰えた時のことを心配します。始めから方法を講じておいて弊害を救うべきなのです。今、国の租税は、すべて国家財政を統括する中央官庁に登録されますし、重要な軍も都に集中しております。昔の事例から現在の状況を推し測りますと、中央が強すぎるのに似ているようです。

背景　周末の春秋戦国時代には、王室の力が衰えて諸侯の力が強大になり、唐末には地方の藩鎮の力が強く、唐の王室に従わなくなった。秦は諸侯を廃して皇帝が直接に地方を支配する中央集権制をしき、三国の魏では、漢の宗室が諸侯に封じられたものの、中央の強権のもとに置かれて実質的な力を持たなかった。秦の二世皇帝胡亥《こがい》の時代に権勢を誇った邪悪な宦官の趙高は、皇帝に対して鹿を指して馬だといって侮った。「大国問鼎」は、強大な諸侯の国が宗主国の重要な祭器である鼎の重さを問うことであり、春秋時代の楚の荘王が陸渾《りくこん》の戎《じゅう》を伐ち、周の定王からねぎらいを受けた時の話である。

(9)

本文　臣敢《しんあ》えて新政《しんせい》を歴詆《れきてい》し、苟《いやし》くも異論《いろん》を為《な》すに非《あら》ず。近日皇族《きんじつこうぞく》の恩例《おんれい》を裁減《さいげん》し、任子《じんし》の條式《じょうしき》を刋定《せんてい》し、器械《きかい》を修完《しゅうかん》し、鼓旗《こき》を閲習《えつしゅう》するが如《ごと》きは、皆陛下《みなへいか》の神算《しんさん》の至明《しめい》、乾剛《けんごう》の必断《ひつだん》にして、物議既《ぶつぎすで》に允《まこと》とす。臣敢《しんあ》えて辞有《じあ》らんや。然《しか》れども献《けん》ずる所《ところ》の三言《さんげん》に至《いた》りては、則《すなわ》ち臣《しん》の私見《しけん》に非《あら》ず。中外《ちゅうがい》の病《や》む所《ところ》なり。其《そ》れ誰《たれ》か知《し》らざらん。

解釈　臣は、恐れ多くもこのたびの政治改革をいちいち非難しようと思ったり、また反対しさえすればよいと思っているのではありません。近ごろ、皇族がたへの官職授与の恩典を削減されたり、功臣の子弟たちへの官職授与の特例を改定されたり、軍備を整えられたり、軍隊を観閲されたりしたのは、すべて陛下の英明なるご計画、陛下のご英断によるものであって、世論もみな認めているところであります。臣も反論などあろうはずがございません。しかし臣が申し上げました三つのことは、臣の個人的な意見ではなく、中央・地方ともに心配しており、みなが気付いていることでございます。

背景 熙寧元年（一〇六八）、九月、功臣の子弟や外戚の子弟たちが特例として官職を授与される任子の法を改定し、さらに翌年の十一月、皇族のすべてに官職を授与していた従来の授官法を改定し、官職を授与する範囲に削減を加えた。

本文 (10)

昔禹《むかしう》舜《しゅん》を戒《いまし》めて曰《いわ》く、丹朱《たんしゅ》の傲《おご》りて、惟《こ》れ慢遊《まんゆう》を是《こ》れ好《この》むが若《ごと》くなる無《な》かれ、と。舜豈《しゅんあ》に是有《これあ》らんや。周公成王《しゅうこうせいおう》を戒《いまし》めて曰《いわ》く、商王受《しょうおうじゅ》の迷乱《めいらん》にして、酒《さけ》に酗《く》するを徳《とく》とするが若《ごと》くなる無《な》かれ、と。成王豈《せいおうあ》に是《これ》有《あ》らんや。周昌漢高《しゅうしょうかんこう》を以《もっ》て桀紂《けっちゅう》と為《な》し、劉毅《りゅうき》晋武《しんぶ》を以《もっ》て桓霊《かんれい》と為《な》す。当時《とうじ》の人君《じんくん》、曽《かつ》て之《これ》を罪《つみ》する莫《な》し。而《しか》して之《これ》を史冊《しさく》に書《しょ》して、以《もっ》て美談《びだん》と為《な》す。臣《しん》が献《けん》ずる所《ところ》の三言《さんげん》をして、皆朝廷《みなちょうてい》に未《いま》だ嘗《かつ》て此有《これあ》らざらしめば、則《すなわ》ち天下《てんか》の幸《さいわ》い、臣与《しんあずか》りて有《あ》り。若《も》し万一之《まんいちこれ》に似《に》たる有《あ》らば、則《すなわ》ち陛下《へいか》安《いず》くんぞ察《さつ》せざるべけんや。

解釈 昔、禹王は舜帝を戒めて、「丹朱のように傲慢で、気ままな放浪を好むようなことをなさってはいけません」と言われたそうです。しかし舜帝にまさかこのようなことはありますまい。また周公旦は成王を戒めて、「紂王のように心を迷わせ政治を乱し、酒に酔いしれるのを徳とするようなことがあってはいけません」と言われたそうです。しかし成王もまさかこのようなことはなかったでしょう。漢の周昌は、高祖に対し桀紂のようにひどい帝だといったそうですし、また晋の劉毅は、武帝に対し後漢の桓帝・霊帝のようによくない帝だと文句をいったそうです。その時の君主であった漢の高祖や晋の武帝は、周昌や劉毅を処罰することはありませんでした。そしてこのことが歴史書に記録されて、美談とされたのです。臣が申し上げました三つのことが、どれもみな朝廷において、いまだかつて心配する必要のないことであれば、天下の幸せであって、臣もまたその幸せにあやかりたいものであります。しかしもし万が一これに似たような状況があるとするならば、陛下におかれましては、よく注意なさらなくてよいことなのでしょうか。

背景　丹朱は帝舜の子の朱。丹淵に封じられたので丹朱という。傲慢で所行のよくない人物であったとされる。商王受は殷の紂王。悪逆無道の王とされる。周昌（?～前一九二）は漢の高祖劉邦に仕え、御史大夫となり、汾陽侯《ふんようこう》に封じられた。高祖がふざけて、自分をどのような君主であるかと問うたのに対し、桀紂のようだと答えた。劉毅（?～二八五）は西晋の政治家。官は尚書左僕《さぼく》射《や》に至る。晋の武帝が官職を売って銭を得るのを批判して、後漢の桓帝・霊帝のようだと述べた。

本文

(11)然《しか》り而《しこ》うして臣《しん》の計《はかりごと》を為《な》すは、愚《ぐ》と謂《い》うべし。螻蟻《ろうぎ》の命《めい》を以《もっ》て、雷霆《らいてい》の威《い》を試《こころ》み、其《そ》の狂愚《きょうぐ》を積《つ》む。豈《あ》に屢〻《しばしば》赦《ゆる》さるべけんや。大《だい》は則《すなわ》ち身首《しんしゅ》処《ところ》を異《こと》にし、家門《かもん》を破壊《はかい》せられん。小《しょう》は則《すなわ》ち籍《せき》を削《けず》り荒《こう》に投《とう》ぜられて、道路《どうろ》に流離《りゅうり》せん。

然《しか》りと雖《いえど》も、陛下《へいか》必《かなら》ず此《これ》を為《な》さざらん。何《なん》ぞや。臣天賦至愚《しんてんぷしぐ》にして、自《みずか》ら信《しん》ずるに篤《あつ》く、向《さき》には学校《がっこう》と貢挙《こうきょ》とを議《ぎ》するに与《あずか》り、首《しゅ》として大臣《だいじん》の本意《ほんい》に違《たが》う。已《すで》に竄逐《ざんちく》を期《き》す。敢《あ》えて自《みずか》ら全《まっと》うするを意《おも》わんや。而《しか》るに陛下《へいか》独《ひと》り其《そ》の言《げん》を然《しか》りとして、曲《ま》げて召対《しょうたい》を賜《たま》い、従容《しょうよう》たること之《これ》を久《ひさ》しうして、臣《しん》に謂《い》いて方今《ほうこん》の政令《せいれい》の得失《とくしつ》は安《いず》くにか在《あ》る、朕《ちん》が過失《かしつ》と雖《いえど》も、指陳《しちん》して可《か》なり、と曰《い》うに至《いた》る。臣即《しんすなわ》ち対《こた》えて曰《いわ》く、陛下生知《へいかせいち》の性《せい》、天縦《てんじゅう》の文武《ぶんぶ》、明《あき》らかならざるを患《うれ》えず、勤《つと》めざるを患《うれ》えず、断《だん》ならざるを患《うれ》えず。但《た》だ治《ち》を求《もと》むること太《はなは》だ速《すみ》やかに、人《ひと》を進《すす》むること太《はなは》だ鋭《するど》く、言《げん》を聴《き》くこと太《はなは》だ広《ひろ》きを患《うれ》う、と。又具《またつぶさ》に然《しか》る所以《ゆえん》の状《じょう》を述《の》べしむ。陛下《へいか》之《これ》を頷《がん》して曰《いわ》く、卿《けい》が献《けん》ずる所《ところ》の三言《さんげん》、朕当《ちんまさ》に之《これ》を熟思《じゅくし》すべし、と。臣《しん》の狂愚《きょうぐ》は、独《た》だ今日《こんにち》のみに非《あら》ず。陛下《へいか》之《これ》を容《い》ること久《ひさ》し。豈《あ》に之《これ》を始《はじ》めに容《い》れて、而《しか》も之《これ》を終《お》わりに赦《ゆる》さざること有《あ》らんや。此《これ》を恃《たの》みて言《い》う、懼《おそ》れざる所以《ゆえん》なり。

臣《しん》の懼《おそ》るる所《ところ》の者《もの》は、譏刺既《きしすで》に衆《おお》く、怨仇実《えんきゅうじつ》に多《おお》ければ、必《かなら》ず将《まさ》に臣《しん》を詆《そし》るに深文《しんぶん》を以《もっ》てし、臣《しん》に中《あ》つるに危法《きほう》を以《もっ》てし、陛下《へいか》をして臣《しん》を赦《ゆる》さんと欲《ほっ》すと雖《いえど》も得《え》ざらしめんとするなり。豈《あ》に殆《あや》うからずや。死亡《しぼう》は辞《じ》せず。但《た》だ恐《おそ》らくは天下臣《てんかしん》を以《もっ》て戒《いまし》めと為《な》し、復《ま》た言《い》う者無《ものな》からんことを。是《ここ》を以《もっ》て之《これ》を思《おも》いて月《つき》を経《へ》、夜以《よもっ》て日《ひ》に継《つ》ぎ、書成《しょな》りて復《ま》た毀《こぼ》ち、再三《さいさん》に至《いた》る。陛下《へいか》の其《そ》の一言《いちげん》を聴《き》くに感《かん》じて、懐《おも》いて已《や》むこと能《あた》わず。卒《つい》に其《そ》の説《せつ》を進《すす》む。惟《た》だ陛下《へいか》其《そ》の愚忠《ぐちゅう》を憐《あわ》れみて、卒《つい》に之《これ》を赦《ゆる》せ。俯伏《ふふく》して罪《つみ》を待《ま》ち、憂恐《ゆうきょう》の至《いた》りに勝《た》えず。

解釈

しかし、臣がはかりごとをめぐらすのは、愚かなことといってよいでしょう。けらやありのようなちっぽけな身命をもって、雷のように激しい皇帝陛下のご威光を確かめるという、度をはずれた愚行を重ねるのは、そうそうたびたびは許されることではありません。厳しいお咎めを受ける場合には、斬首の刑に処せられて、一家が破滅となりましょう。わずかなお咎めの場合でも、官吏の籍から除名されて僻遠の地に流罪となり、道をさまようことになりましょう。

しかし、陛下はきっと臣を処罰なさらないと存じます。なぜでしょうか。臣は生まれつきの愚か者でありながら、自信過剰で、先ごろは官吏登用のための学校と貢挙の制度についての議論に加わり、初めて大臣の意見に反対いたしました。その時は遠方追放のご処分も覚悟しておりました。自分の保身のことなど考えたりはしなかったのです。ところが陛下だけは、臣が申し上げたことをお認め下さり、かたじけなくも臣を直接お召しの上、意見をお尋ね下さる栄誉を賜りました。陛下はゆったりを打ちとけたご様子で臣を接見なさり、臣に対し「現在の政令のよしあしはどこにあるのか。たとえそれが朕の過失に関わることであろうとも、具体的に述べてよろしい」とおっしゃいました。臣はすぐさまお答えして、「陛下は生まれながらにしてものがよくお分かりになり、また天賦の文武の才をお具えの方であらせられます。ですから、政治が不明朗である心配はありませんし、官僚が精勤でない心配もありませんし、政策が果断に実行されない心配もありませんが、ただ陛下が治世をお求めになるのに急がれすぎること、臣下を任用なさるのに速断されすぎること、臣下の意見をお聞きになるのに範囲を広くなさりすぎていることが心配です」と申し上げました。さらに陛下は臣になぜそうなのかということを具体的に述べさせられた後、うなずきながら「おまえのいう三つのことについては、朕もよく考えておく必要がある」とおっしゃいました。臣が度をはずれて愚かであるのは、今日だけのことではありません。しかし陛下は長い間、臣を許して下さいました。始めにはお許しになっていながら、後ではお許しにならないというようなことはまさかありますまい。臣はこのことを頼みとして申し上げているのですから、恐れてはいないわけなのです。

臣が恐れておりますのは、臣を非難する者が多く、また臣を恨む者も多いいますので、きっと彼らが何としてでも処罰しなければすまさないという法律論を使って臣をそしり、きわめて厳しい法律の規定を臣に適用して、せっかく陛下が臣を許そうとなさっているにも拘らず、それをできなくしようと企てることです。これは、危険なことだと思います。臣は死をも辞するものではありません。ただ心配なのは、これで臣が罪に問われますと、世の中の者が臣のことを教訓として、もう誰も陛下に厳しいことを進言する者がいなくなってしまうことです。それで臣は、ひと月をかけて考え、昼も夜も休むことなくこの上奏文の起草に没頭し、草案が出来上がってはまた破棄することが、再三でした。陛下がかつて臣の一言をお聞き届け下さったことに感激し、またどうしても申し上げたいという思いがやみがたく、ついにこの上奏文を差し上げることにした次第です。陛下におかれましては、どうか臣の愚かな忠義心を不憫に思し召して、お許し願いたく存じます。伏してご処罰をお待ち申し上げつつも、この上なく恐れ多いことという思いに堪えられません。

背景　北宋第六代の皇帝神宗は、経学を尊重し、科挙に欠点のあることを憂え、また合格者に地方格差があるということで、試験制度の改革に乗り出し、熙寧二年（一〇六九）四月に、「民を化し俗を成すは必ず庠序《しょうじょ》（学校）よりし、賢を進め能を興すは翌々（そもそも）貢挙よりす」との詔勅を下し、教育の方法、試験のあり方について当該の役職者に対し、一か月以内という期限をつけて意見を徴した。蘇軾は「議学校貢挙劄子」を制作して、神宗のこの詔勅に応えた。

代㆓張方平㆒諫㆓用兵㆒書（張方平《ちょうほうへい》に代《か》わりて用兵《ようへい》を諫むるの書《しょ》）

(1)

本文 臣聞《しんき》くならく、兵《へい》を好《この》むは猶《な》お色《いろ》を好《この》むがごときなり、と。生《せい》を傷《いた》むるの事《こと》は一《いつ》に非《あら》ず、而《しか》して色《いろ》を好《この》む者《もの》必《かなら》ず死《し》せり。民《たみ》を賊《そこな》うの事《こと》一《いつ》に非《あら》ず、而《しか》して兵《へい》を好《この》む者《もの》は必《かなら》ず亡《ほろ》ぶ。此《こ》れ理《り》の必然《ひつぜん》なる者《もの》なり。

解釈 私はこのように聞いております。兵を好むのは女性を好むのと同じである、と。命を危うくすることも一再ではないので、女性を好む者は必ず悲運にも命を落とします。民に害を及ぼすことも多いので、兵を好む者は必ず滅びます。これは理の当然です。

背景 神宗熙寧九年（一〇七六）、蘇軾は祠部員外郎知河中府の任命を受け、密州を離れて任地へ向かい、翌十年、赴任途上で徐州知事に改められた。その年四月、弟蘇轍とともに南都を通過する際に、張方平に面会し、代作したものである。

張方平（一〇〇七～一〇九一）は蘇氏父子との繋がり浅からぬ人物である。この書は蘇軾による代書とは言え、張方平の軍事論は、この論に展開されているものと同じである。この書の書かれる前年、すなわち熙寧八年（一〇七五）三月、張方平は青州知事に任ぜられた。赴任前に神宗が異民族対策（禦戎策）を下問、それに対して張方平は、「近歳辺臣開拓の議を建つるは、皆行険徼幸の人なり。天下の安危を以て之を一擲に試さむと欲す。事成れば則ち身は其の利を蒙り、成らざれば則ち陛下其の患に任ず。聴くべからざるなり。」（『続資治通鑑』巻七十一）と答えて、太祖以来蛮夷の頭目に世襲を許し、宋に仕えてそこを治めさせるという方法で反乱を防止していたとの認識を示した。

(2)

本文　夫《そ》れ惟《た》だ聖人《せいじん》の兵《へい》のみ、皆已《みなや》むを得《え》ざるに出《い》ず。故《ゆえ》に其《そ》の勝《か》つや、安全《あんぜん》の福《ふく》を享《う》け、其《そ》の勝《か》たざるや、必《かなら》ず意外《いがい》の患無《かんな》し。後世兵《こうせいへい》を用《もち》うるに、皆已《みなや》むを得《え》て而《しか》も已《や》まず。故《ゆえ》に其《そ》の勝《か》つや、則《すなわ》ち変遅《へんおそ》うして禍大《かだい》なり。其《そ》の勝《か》たざるや、則《すなわ》ち変速《へんはや》くして禍小《かしょう》なり。是《ここ》を以《もつ》て聖人勝負《せいじんしょうぶ》の功《こう》を計《はか》らずして、而《しか》して深《ふか》く用兵《ようへい》の禍《か》を戒《いさ》む。何《なん》となれば師《し》を興《おこ》すこと十万《じゅうまん》、日《ひ》に千金《せんきん》を費《つい》やす。内外騒動《ないがいそうどう》、道路《どうろ》に怠《おこた》る者《もの》、七十万家《しちじゅうまんか》。内《うち》は則《すなわ》ち府庫空虚《ふこくうきょ》にして、外《そと》は則《すなわ》ち百姓窮匱《ひやくせいきゆうき》し、饑寒逼迫《きかんひつぱく》す。其《そ》の後《ご》には必《かなら》ず盗賊《とうぞく》の憂《うれ》い有《あ》り。死傷愁怨《ししようしゆうえん》、其《そ》の終《おわ》りは必《かなら》ず水旱《すいかん》の報《ほう》を致《いた》す。上《うえ》は則《すなわ》ち帥《すい》を将《ひき》い衆《しゆう》を擁《よう》して、跋扈《ばつこ》の心有《こころあ》り。下《した》は則《すなわ》ち士衆《ししゆう》久《ひさ》しく役《えき》して潰叛《かいはん》の志有《しあ》り。変故百出《へんこひやくしゆつ》するは、皆用兵《みなようへい》に由《よ》る。事《こと》を興《おこ》し議《ぎ》を首《はじ》むるの人《ひと》に至《いた》つては、冥謫尤《めいてきもつと》も重《おも》し。蓋《けだ》し以《おも》うに平民故無《へいみんゆえな》くして兵《へい》に縁《よ》りて死《し》し、怨気充積《えんきじゆうせき》すれば、必《かなら》ず其《そ》の咎《きゆう》に任《にん》ずる者有《ものあ》り。是《これ》を以《もつ》て聖人之《せいじんこれ》を畏《おそ》れ之《これ》を重《おも》んじ、已《や》むを得《え》ざるに非《あら》ざれば、敢《あ》えて用《もち》いざるなり。

解釈　そもそも聖人の兵は、すべて止められぬ事情があって出動させられました。だから勝った場合には国の安全という利益があり、さりとて敗れた場合でも（よくよく考えてのことだから）思わぬ損害というものはなかったものです。

後世兵を用いる場合、止めることができるにもかかわらず止めずに戦に至ったものなので、勝つと情勢がなかなか変わらないので、かえって禍いが大きく、逆に負けると情勢がすぐに変わってかえって禍いが小さかったりするものです。だから聖人は勝ち負けを考えず、兵を用いることの弊害を深く戒めたのです。

なぜなら十万の軍勢を興し、連日千金を支出すれば、国の内外が混乱し、道を逃げ惑って農事を疎かにする者は七十万家に及びます。政府では倉が空になり、世間では民が窮乏し、餓えや寒さがそのうえに襲います。その後には必ず盗賊の心配があり、死んだり傷ついたりで怨嗟の声が満ち、ついには大水や日照りの報いを受けます。上は軍の要人たちが衆人を擁して野心を持ち、下は士卒が長く兵役につかされて上に背く気が起きます。世の異変が百出するのは、すべて兵を用いることに起因します。兵事の発端を開いた者には、死後の禍いが最も重いのです。考えますに、一般の民は理由もなく兵役につかされて死に、その恨みの気持ちが積み重なれば、必ずその（民を不幸にした）罪に当たる者がいるのです。だからこそ聖人はそうした被害が多い事態を畏れ重視して、どうしてもやむを得ない場合以外は兵を使いませんでした。

本文　(3)

古《いにしえ》より人主《じんしゅ》好《この》んで干戈《かんか》を動《うご》かし、敗《やぶ》るるに由《よ》りて亡《ほろ》ぶ者《もの》、数《かぞ》うるに勝《た》うべからざれば、臣《しん》も今《いま》敢《あ》えて復《ま》た言《い》わず。請《こ》う陛下《へいか》の為《ため》に其《そ》の勝《か》つ者《もの》を言《い》わん。秦《しん》の始皇《しこう》既《すで》に六国《りくこく》を平《たい》らげ、復《ま》た胡《こ》・越《えつ》を事《こと》とす。戍役《じゅえき》の患《かん》、四海《しかい》に被《こうむ》り、地《ち》を拓《ひら》くこと千里《せんり》、遠《とお》く三代《さんだい》を過《す》ぐると雖《いえど》も、而《しか》れども墳土《ふんど》未《いま》だ乾《かわ》かざるに、天下《てんか》怨叛《えんはん》す。二世《にせい》害《がい》を被《こうむ》り、子嬰《しえい》擒《とりこ》にせらる。滅亡《めつぼう》の酷《こく》なること、古《いにしえ》より未《いま》だ嘗《かつ》て有《あ》らざる所《ところ》なり。漢《かん》の武帝《ぶてい》文《ぶん》・景《けい》富溢《ふいつ》の余《よ》を承《う》け、首《はじ》めて匈奴《きょうど》を挑《ちょう》す。兵連《へいつらな》つて解《と》けず、遂《つい》に侵尋《しんじん》諸国《しょこく》に及《およ》ばしむ。歳歳《さいさい》調発《ちょうはつ》し、向《む》かう所《ところ》功《こう》を成《な》す。建元《けんげん》の間《かん》、兵禍《へいか》始《はじ》めて作《おこ》る。是《こ》の時《とき》蚩《し》尤旗《ゆうき》出《い》でて、長《なが》さ天《てん》と等《ひと》し。其《そ》の春《はる》戻太子《れいたいし》生《う》まる。是《こ》れより師《し》行三十《こうさんじゅう》余年《よねん》、死《し》せる者《もの》数《かぞ》うる無《な》し。巫蠱《ふこ》の事《こと》の起《お》こるに及《およ》び、京師《けいし》血《ち》を流《なが》し、僵尸《きょうし》数万《すうまん》、太子《たいし》父子《ふし》皆《みな》敗《やぶ》る。班固《はんこ》以為《おもえら》く太子《たいし》は兵《へい》に生長《せいちょう》し、之《これ》と終始《しゅうし》す。帝《てい》悔悟《かいご》自《みずか》ら克《か》つと雖《いえど》も、而《しか》れども歿身《ぼっしん》の恨《こん》、已《すで》に及《およ》ぶ無《な》し。隋《ずい》の文帝《ぶんてい》既《すで》に江南《こうなん》を下《くだ》し、継《つ》いで夷狄《いてき》を事《こと》とす。煬帝《ようだい》位《くらい》を嗣《つ》ぎ、此《こ》の心《こころ》衰《おとろ》えず。皆《みな》能《よ》く強国《きょうこく》を誅滅《ちゅうめつ》し、威《い》万里《ばんり》を震《ふる》う。然《しか》れども民《たみ》怨《うら》み盗《とう》起《お》き、亡《ほろ》ぶること踵《くびす》を旋《めぐ》らさず。唐《とう》の太宗《たいそう》神武《しんぶ》敵《てき》無《な》く、尤《もっと》も兵《へい》を用《もち》うるを喜《よろこ》ぶ。既已《すで》に突厥《とっけつ》・高昌《こうしょう》・吐《と》谷渾《こくこん》等《ら》を破滅《はめつ》し、猶《な》お且《か》つ未《いま》だ厭《いと》わず。遼東《りょうとう》に親《みずか》ら駕《が》す。皆《みな》志《こころざし》は功《こう》を立《た》つるに在《あ》りて、已《や》むを得《え》ずして用《もち》うるには非《あら》ず。其《そ》の後《ご》武氏《ぶし》の難《なん》ありて、唐室《とうしつ》の凌遅《りょうち》、絶《た》えざること線《せん》の如《ごと》し。蓋《けだ》し兵《へい》を用《もち》うるの禍《か》、物理《ぶつり》逃《のが》し難《がた》し。然《しか》らずんば太宗《たいそう》仁聖《じんせい》寛厚《かんこう》、己《おのれ》に克《か》ち人《ひと》を裕《ゆう》にし幾《ほとん》ど刑措《けいお》くに至《いた》る。而《しか》れども一伝《いちでん》の後《のち》、子孫《しそん》塗炭《とたん》、此《こ》れ豈《あ》に善《ぜん》を為《な》すの報《ほう》ならんや。此《これ》に由《よ》りて之《これ》を観《み》れば、漢唐兵《かんとうへい》を寛仁《かんじん》の後《のち》に用《もち》うるが故《ゆえ》に其《そ》れ勝《か》ちて僅《わず》かに存《そん》す。秦隋兵《しんずいへい》を残暴《ざんぼう》の余《よ》に用《もち》うるが故《ゆえ》に其《そ》れ勝《か》ちて遂《つい》に滅《ほろ》ぶ。臣《しん》毎《つね》に書《しょ》を読《よ》みて此《ここ》に至《いた》らば、未《いま》だ嘗《かつ》て巻《かん》を掩《おお》ひ涕《なみだ》を流《なが》し、其《そ》の計《けい》の過《あやま》てるを傷《いた》まずんばあらず。若《も》し此《こ》の四君者《しくんしゃ》をして其《そ》の兵《へい》を用《もち》うるの初《しょ》に方《あ》たりて、随《したが》いて即《すなわ》ち敗衄《はいじく》し、惕然《てきぜん》として戒懼《かいく》し、兵《へい》を用《もち》うるの難《かた》きを知《し》らしめば、則《すなわ》ち禍敗《かはい》の興《こう》、当《まさ》に此《ここ》に至《いた》らざるべし。不幸《ふこう》にして挙《きよ》する毎《ごと》に輒《すなわ》ち勝《か》つ。故《ゆえ》に功利《こうり》に狃《な》れ、患《わずら》いを慮《おもんぱか》ること深《ふか》からざらしむ。臣故《しんゆえ》に曰《いわ》く、勝《か》てば則《すなわ》ち変遅《へんおそ》くして禍大《かだい》なり、勝《か》たざれば則《すなわ》ち変速《へんはや》くして禍小《かしょう》なり、と。察《さつ》せざるべからざるなり。

解釈　昔から君主は好んで軍を動かし、その戦に敗れて亡びた者は数えきれないので、私は今それを重ねて言うつもりはございません。ここでは陛下のために戦に勝った者について述べてみたいと存じます。

秦の始皇帝は六国を平定し、また北や南の辺地を狙いました。かくして辺境の守りにつく役は国じゅうに及び、国土を千里も開拓して古の三代の王より優れたことをしながら、自分の墓の土の乾かぬうち（死後すぐ）に、天下は秦に背き、二世皇帝は殺され、孫の子嬰も擒になりました。国の滅亡の有様の非情なことは、これまでになかった程のものでした。

漢の武帝は、文帝・景帝の豊かな御世のあとを受け、初めに匈奴に戦を仕掛けましたが、その軍備が解かれることはなく、遂に諸国にも兵役が広がり、毎年徴用を行って、進軍するところできっと成果をあげました。しかし建元年間に入ると、兵の禍いが初めて起こりました。この時（兵乱の予兆である）蚩尤旗星が出、その彗星の尾の長さは空いっぱいでありました。その歳の春に皇太子が生まれましたが、これから三十年というもの戦が続き死者は無数でした。巫蠱の獄が起こると都には血が流れ、死骸は数万、皇太子父子は皆亡びました。班固はこう考えたものです。太子は兵時に成長し、いつも兵と関わっていた。武帝が後悔したといっても、自分が滅んでしまった恨みはこれ以上のものはなかったろう、と。

隋の文帝は既に江南の陳を破り、次いで夷狄討伐に乗り出しました。そして煬帝が即位してもこの野心は衰えません。いずれも強国を滅ぼし万里に威信を示しましたが、人民は恨み、盗賊がおこり、国は瞬く間に滅んでしまったのです。

唐の太宗は武力無双で、大変に軍を動かすのが好きでした。突厥・高昌・吐谷渾等を滅ぼしてもまだ足りず、自ら遼東まで遠征いたしました。これらの出兵は総て自分の勝利の功名を求めたもので、已むを得ず行われたことではありませんでした。後に武后の乱がおき、唐王朝が次第に衰退してゆく過程は、糸のように途切れることがありませんでした。思うに兵を出すことの禍いは理屈の上からも逃れられないときまったものなのです。そうでなければ、太宗が仁心を持ち寛大で、自分を抑え他人を裕にし、刑罰の不要なほどの太平の治世を成しながら、次の代にその子孫が苦しむ(ということはなかったはずです)、どうして善行の報いがかくも無残でありましょうか。

これらの例を見ますと、漢や唐は仁慈寛大な政治の上に兵を起こしたので、勝利の後も、一応国は残りました。しかし秦や隋は暴虐の末に兵を起こしたので、戦に勝っても結局は国が滅んでしまったのです。私はいつもこうした歴史を読み、これらの時代まで来ると本を閉じて泣き、彼らの目論見が誤っていたのを残念に思わないことはございませんでした。

もしこれら四人の君主に、兵を動かす最初の段階で敗北させ、畏れ反省させて、兵を用いることの難しさを理解させたなら、国の崩壊はかくまでのひどさではなかったでしょう。不幸にも戦をする度に勝ったので、戦功を得るのに慣れてしまい、艱難を予測することが足りなくなったのです。私はなればこそ「勝てば変化が遅れて禍いはかえって大きく、敗れたら変化が速くて禍いは逆に小さい」と申しているのであり、この点を御覧察下さらねばなりません。

背景　本段と前段は、「勝てば則ち変遅くして禍大なり、勝たざれば則ち変早くして禍小なり。」という観点を提唱して好戦を諫め、戦勝の弊害を史上の実例を挙げて強調している。

(4)

本文　昔《むかし》仁宗皇帝《じんそうこうてい》天下《てんか》を覆育《ふいく》し、兵《へい》に意無《いな》し。将士《しょうし》惰偸《だちゅう》して、兵革朽鈍《へいかくきゅうどん》す。元昊間《げんこうかん》に乗《じょう》じ窃《ひそ》かに発《はっ》し、西《せい》鄙《ひ》延安《えんあん》・涇原《けいげん》・麟《りん》・府《ふ》の間《かん》に、敗《やぶ》るる者三四《ことさんし》、喪《うしな》う所《ところ》動《やや》もすれば万《まん》を以《もっ》て計《かぞ》え、而《しか》して海内晏然《かいだいあんぜん》たり。兵休《へいや》み事已《ことや》んで、而《しか》して民《たみ》に怨言無《えんげんな》く、国《くに》に遺患無《いかんな》し。何《なん》となれば、天下《てんか》の臣庶《しんしょ》其の兵《へい》を好《この》むの心無《こころな》きを知《し》り、天《てん》地鬼神《ちきしん》も其《そ》の已《や》むを得《え》ざるの実有《じつあ》るを諒《りょう》するが故《ゆえ》なり。

解釈　昔仁宗皇帝は天下を慈しみ教育し、兵のことを考えませんでした。将兵はそのため怠惰となり、武器・甲冑も駄目になりました。趙元昊がその隙を突いて起兵し、国の西辺延安・涇原・麟・府の間で敗戦を喫すること数度、失ったものはややもすると万で数えられるほど大きかったのです。しかし国内は落ち着いておりましたので、この戦役が過ぎますと、民も恨み言無く、国にもあとを引くような害はなかったのです。なぜなら天下の官吏らは、仁宗皇帝が兵を好む気持ちを持っていなかったことを知っており、天地の神々もこの戦がやむを得ないものだったということを諒解していたからです。

背景　北宋第四代皇帝仁宗の明道元年（一〇三二）、李元昊《りげんこう》はタングート族西夏の王である父李徳明の死去により王位につき、宋から西平王とされたが、避諱を口実に顕道という年号を使い、一三〇四年には勝手に開運と改元して、宋の属国から離脱した。そして天授礼法延祚元年（一〇三八、宋の宝元元年）大夏皇帝を名乗るに至る。以降、宋と戦争状態となるが、同七年（一〇四四、宋の慶暦四年）和議を結んだ。宋に臣下の礼を取る代わりに趙姓を賜っていた時期があり、趙元昊ともいう。

(5)

本文　今陛下《いまへいか》の天錫勇智《てんしやくゆうち》にして、意《い》は富強《ふきょう》に在《あ》り。位《くらい》に即《つ》きて以来《いらい》、甲《こう》を繕《つくろ》い兵《へい》を治《おさ》めて隣国《りんこく》を伺候《しこう》す。

羣臣百寮《ぐんしんひゃくりょう》、此《こ》の指《し》を窺《うかが》い見《み》て、多《おお》く兵《へい》を用《もち》うるを言《い》う。其《そ》の始《はじ》めや、弼臣《ひっしん》の国命《こくめい》を執《と》る者《もの》、深《ふか》きを憂《うれ》い遠《とお》きを思《おも》うの心《こころ》無《な》し。枢臣《すうしん》の国論《こくろん》に当《あ》たる者《もの》、害《がい》を慮《おもんぱか》り難《なん》を持《じ》するの識《しき》無《な》し。台諫《だいかん》の職《しょく》に在《あ》る者《もの》、献替忠《けんたいちゅう》を納《い》るるの議《ぎ》無《な》く、微《び》に従《よ》り著《ちょ》に至《いた》り、遂《つい》に厲階《れいかい》を成《な》す。既《すで》にして薛向横山《せっきょうおうざん》の謀《ぼう》を為《な》し、韓絳深入《かんこうしんにゅう》の計《けい》を効《いた》し、陳《ちん》升之《しょうし》・呂公弼《りょこうひつ》等《ら》、陰《ひそ》かに之《これ》と力《ちから》を協《あわ》せ、師徒《しと》喪敗《そうはい》し、財用耗屈《ざいようもうくつ》す。之《これ》を宝元《ほうげん》・慶暦《けいれき》の敗《はい》に較《くら》ぶれば、十《じゅう》の一《いち》に及《およ》ばず。然而《しか》れども天怒《てんいか》り人怨《ひとうら》み、辺兵背叛《へんぺいはいはん》し、京師《けいし》騒然《そうぜん》たり。陛下《へいか》之《これ》が為《ため》に旰食《かんしょく》すること累月《るいげつ》なり。何《なん》となれば兵《へい》を用《もち》うるの端《たん》は、陛下《へいか》之《これ》を作《な》せればなり。是《ここ》を以《もっ》て吏士《りし》に敵《てき》を怒《いか》るの意《い》無《な》し。而《しか》して直《た》だ陛下《へいか》のみならざるなり。尚《な》お祖《そ》宗積累《そうせきるい》の厚《あつ》く、皇天保祐《こうてんほゆう》の深《ふか》きに頼《たよ》る。故《ゆえ》に兵《へい》をして出《い》でて功無《こうな》く、聖意《せいい》を感悟《かんご》せしむ。然《しか》れども浅見《せんけん》の士《し》、方《まさ》に且《か》つ敗《はい》を以《もっ》て耻《ち》と為《な》し、力《つと》めて勝《か》ちを求《もと》めて以《もっ》て上《しょう》の心《こころ》に称《かな》えんと欲《ほっ》す。是《ここ》に於《おい》て王《おう》韶《しょう》 禍《か》を熙河《きか》に搆《かま》え、章惇《しょうとん》 釁《きん》を横山《こうざん》に造《つく》り、熊本難《ゆうほんなん》を渝《ゆ》・瀘《ろ》に発《はっ》す。然《しか》れども此等《これら》は皆已《みなすで》に降《くだ》るを戕賊《しょうぞく》し、老《ろう》弱《じゃく》を俘纍《ふるい》し、腹心《ふくしん》を困弊《こんぺい》して、而《しか》して空虚無用《くうきょむよう》の地《ち》を取《と》り、以《もっ》て武功《ぶこう》と為《な》す。陛下《へいか》をして此《こ》の虚名《きょめい》を受《う》け而《しか》して実過《じっか》に忽《おろそ》かにし、勉強《べんきょう》 砥礪《しれい》して、功名《こうめい》を奮《ふる》わしむ。故《ゆえ》に沈起《しんき》・劉彝《りゅうい》、復《ふたた》び安南《あんなん》に発《はっ》し、十余万人《じゅうよまんにん》をして瘴《しょう》毒《どく》に暴露《ばくろ》せしめ、死《し》する者十《ものじゅう》にして五六《ごろく》、道路《どうろ》の人《ひと》、輸送《ゆそう》に斃《たう》る。資糧《しりょう》 器械《きかい》、敵《てき》を見《み》ずして尽《つ》く。以為《おもえら》く兵《へい》を用《もち》うるの意《い》必《かなら》ず且《しばら》く少《すこ》しく衰《おとろ》えん、と。而《しか》れども李憲《りけん》の師《し》、復《ま》た洮州《とうしゅう》に出《い》ず。今師徒克捷《いましとこくしょう》し、鋭気《えいき》方《まさ》に盛《さか》んに、陛下《へいか》一勝《いちしょう》に喜《よろこ》び、必《かなら》ず四夷《しい》を軽視《けいし》し敵国《てきこく》を凌侮《りょうぶ》するの意有《いあ》り。天意《てんい》は測《はか》り難《がた》し。臣実《しんまこと》に之《これ》を畏《おそ》る。

解釈 今陛下は天賦の勇智の才を持ち、国を富ませ強くしようという意図をお持ちです。即位以来武器を修理し兵を整えて隣国を窺い、群臣百官もこの方針を見て、よく兵を用いることを提言しました。そもそも初めは宰相が、深いところまで心配し先々まで察知することなく、枢密使も害を考え耐え忍ぶ見識を持たず、彼らを戒めるべき台諫の者たちも、都合の悪いことを直言する態度を欠いていました。こうした些細な所から次第に進行して、遂に国乱の段階を進んでいったのです。

既に薛向が横山を取ることを謀り、韓絳は敵地に深く侵入する計画を立て、陳升之や呂公弼らが密かにこれに協力しましたが、軍兵は敗れ、資材も失われました。今回の損害自体は、宝元・慶暦時の元昊の乱の時に較べれば十分の一にも及びません。しかし天は怒り民も怨み、辺地の兵は叛乱し、都は騒然となりました。陛下はこの収拾のために食事も定時に取れぬほど忙殺されること数か月でした。なぜこうした事態になったかと申せば、軍事を開く端緒は陛下が自らなされたことでしたので、吏卒には敵を怨む気持ちはなく、陛下のご指示に納得出来なかったからです。それでも祖宗の積んできた徳の厚さと天佑の厚さのおかげで、（天は）出兵しても効を与えず、陛下に自分の処置のあやまりを悟らせるという状態をもたらしたのです。

ところが見識の浅い者は、この敗戦を恥と考え、努めて勝って陛下の意にそいたいと思ったのです。そこで王韶は熙河で戦って損害を受け、章惇は横山で過ちを犯しました。熊本は渝・瀘で夷人を討ちました。しかしこれらは皆既に降伏した者を殺し、老人や子供を捕虜にし、中国の国力を疲弊させて何の役にもたたない辺境の土地を手に入れただけで、これを武功と見做し、陛下にこの名ばかりの戦果を得させて実際の損害を隠蔽し、無理矢理功名をあげさせようとしたのです。ですから沈起や劉彝はまたも安南に兵を出し、十余万人を瘴気で病死させ、十人のうち五、六人も命を落とさせ、沿道の者は輸送の任務に耐えきれずに倒れ、資金・糧食・武器すら、敵地に行き対戦する前になくなってしまいました。ですから私は兵事を起こす空気は少し薄れていると思ったのです。ところが李憲の軍がまた洮州に出ました。今、戦には勝っており、軍の鋭気も十分で、陛下もこの一勝を喜ぶあまり、周りの夷狄を軽視し、敵を侮る気持ちを持っておられるはずです。しかし、陛下のお気持ちを忖度するのは難しいのですが、私はまさにそうした陛下の心を危惧いたします。

背景　この段落から神宗の用兵政策を諫める。

熙寧三年（一〇七〇）、夏が環慶を攻め、参知政事韓絳が陝西河東宣撫使に任命される。翌四年正月、渝州《ゆしゅう》の梁承秀らが叛乱、三月、夏が撫寧の諸城を落とす。种諤《ちゅうがく》が夏を襲い、夏の反感を買った。种諤は永楽川（現在の陝西省渭南市）などに砦を築くが次々落城、韓絳は部下の責任を取らされて鄧州知事を罷免される。同年、洮河に安撫使を置き、王韶が任命される。

五年潤七月、帝は武力で四夷を脅そうと考える。章惇が荊湖北路を視察、蛮夷夔夷に当たる。八月、秦鳳路沿辺安撫使王韶、羌の地を攻撃。十月に経略の安撫使となるが、河・洮・岷の諸州は奪還できず。十一月、章惇は梅山の峒蛮《どうばん》を降伏させる。

六年二月、夏が秦州（現在の甘粛省天水市）侵攻、王韶は河州（現在の甘粛省臨夏市）を恢復、また安南の李乾徳を交趾郡《こうしぐん》の王に封ずる。五月、熊本《ゆうほん》が梓夔《しき》訪察司となり諸夷に対す。九月には吐蕃が河州を取るが、王韶が回復、洮州《とうしゅう》（現在の甘粛省臨夏回族自治州）・岷州《びんしゅう》（現在の甘粛省定西地区岷県）・畳州（現在の四川省阿垻蔵族羌族自治州若爾蓋県）などの諸州を回復、地二千里を拓く。十月、章淳は懿《い》治州《こうしゅう》の夷を平定。都では洮・岷・畳・宕州回復を賀す式が行われた。

七年正月、熊本が瀘夷《ろい》平定を報告。三月、王韶が都に呼ばれた隙に吐蕃は岷州を攻撃。前年六年四月から七月まで降雨なく大旱が発生した。河州が囲まれたので王韶が李憲を連れて戻り蕃族は去る。十二月、王韶は枢密福使に昇任。

八年二月、遼に河東七百里を割譲、七月、張方平は青州知事に任じられ、上で述べた平戎法を神宗に答える。潤七月、張方平は判永興軍となる。十一月、桂州知事の沈起は交趾との自由な交易を禁止、その不満でこの地が紛擾したため、朝廷は劉彝を派遣。交趾は廉州（現在の広西壮族自治区北海市合浦県）を陥落させる。これより先、瀘州《ろしゅう》南州（現在の重慶市綦江県）の獠が叛乱、秦鳳都転運使熊本がこれを抑える。

翌九年、交趾は邕州《ようしゅう》（現在の広西壮族自治区南寧市）を囲んだ。もともとこの叛乱は沈起・劉彝の交易禁止が原因であるのに、戦地に応援がないのに堪りかね、蘇緘《そかん》が実情を上奏して訴えた。このため、沈起は起州団練副使郢州安置、劉彝は均州団練副使陳州安置に貶された。二月、郭逵《かくき》を安南行営経略招討使とし、李憲を召還、交趾を討った。十二月、この軍は戦勝して、李乾徳を降伏させ、内侍李憲に辺境の軍を処置させた。また冷鶏朴が羌を誘って叛乱したが李憲が平定した。

(6)

本文 且《か》つ夫《そ》れ戦勝《せんしょう》の後《のち》、陛下《へいか》得《え》て知《し》るべき者《もの》は、凱旋捷奏《がいせんしょうそう》、拝表称賀《はいひょうしょうが》、耳目《じもく》の観《かん》に赫然《かくぜん》たるもののみ。遠方《えんぽう》の民《たみ》、肝脳白刃《かんのうはくじん》に塗《まみ》れ、筋骨餽餉《きんこつきしょう》に絶《た》え、流離《りゅうり》産《さん》を破《やぶ》り、男女《だんじょ》を鬻売《いくばい》し、眼《め》を熏《くす》べ臂《ひじ》を折《お》り自経《じけい》するの状《じょう》に至《いた》つては、陛下《へいか》必《かなら》ず得《え》て見《み》ざるなり。慈父《じふ》・孝子《こうし》・孤臣《こしん》・寡婦《かふ》の哭声《こくせい》、陛下《へいか》必《かなら》ず得《え》て聞《き》かざるなり。譬《たと》えば猶《な》お牛羊《ぎゅうよう》を屠殺《とさつ》し、魚鼈《ぎょべつ》を刳臠《これん》し以《もっ》て膳羞《ぜんしゅう》を為《な》すがごとし。食《く》らう者《もの》甚《はなは》だ美《び》なるも、食《しょく》せらるる者《もの》は甚《はなは》だ苦《くる》しむ。陛下《へいか》をして其《そ》の梃刃《ていじん》の下《もと》に号呼《ごうこ》し、刀匕《とうひ》の間《かん》に宛転《えんてん》するを見《み》しむれば、八珍《はっちん》の美《び》と雖《いえど》も、必《かなら》ず将《まさ》に箸《はし》を投《とう》じて食《く》らうに忍《しの》びざらんとす。而《しか》るを況《いわ》んや人《ひと》の命《めい》を用《もち》いて、以《もっ》て耳目《じもく》の観《かん》と為《な》すをや。且《か》つ陛下《へいか》の将卒《しょうそつ》をして精強《せいきょう》に、府庫《ふこ》をして充実《じゅうじつ》すること、秦《しん》・漢《かん》・隋《ずい》・唐《とう》の君《きみ》の如《ごと》くならしむるも、既《すで》に勝《か》つの後《のち》、禍乱《からん》方《まさ》に興《おこ》り、尚《な》お救《すく》うべからず。而《しか》るを況《いわ》んや所在《しょざい》の将吏《しょうり》、罷軟凡庸《ひなんぼんよう》にして、之《これ》を古人《こじん》に較《くら》ぶれば、万万逮《ばんばんおよ》ばざるをや。而《しか》して数年以来《すうねんいらい》、公私窘乏《こうしきんぼう》、内府累世《ないふるいせい》の積《せき》、地《ち》を掃《はら》つて余《あま》り無《な》く、州郡征税《しゅうぐんせいぜい》の儲《たくわ》え、上供《じょうく》殆《ほとん》ど尽《つ》く。百官稟俸《ひゃくかんりんぽう》、僅《わず》かにして能《よ》く継《つ》ぎ、南郊《なんこう》の賞給《しょうきゅう》、久《ひさ》しくして未《いま》だ弁《べん》ぜず、此《これ》を以《もっ》て挙動《きょどう》す。智者《ちしゃ》有《あ》りと雖《いえど》も、以《もっ》て其《そ》の後《のち》を善《よ》くする無《な》し。且《か》つ饑役《きえき》の後《のち》、所在《しょざい》の盗賊蠭起《とうぞくほうき》し、京東《けいとう》・河北《かほく》、尤《もっと》も言《い》うべからず。若《も》し軍事《ぐんじ》一《ひと》たび興《おこ》れば、横斂《おうれん》随《したが》つて作《おこ》る。民窮《たみきゅう》して告《つ》ぐる無《な》く、其《そ》の勢《せい》、大盗《たいとう》を為《な》さずんば、以《もっ》て自《みずか》ら全《まっと》うする無《な》し。辺事《へんじ》方《まさ》に深《ふか》く、内患《ないかん》復《ま》た起《お》こる。則《すなわ》ち勝《しょう》・広《こう》の形《けい》、将《まさ》に此《ここ》に在《あ》らんとす。此《こ》れ老臣《ろうしん》が終夜《しゅうや》寐《い》ねず、食《しょく》に臨《のぞ》んで歎《たん》じ、慟哭《どうこく》して自《みずか》ら止《や》むこと能《あた》わざるに至《いた》る所以《ゆえん》なり。

解釈　戦勝の後に陛下が知ることができますのは、凱旋、勝ち戦の知らせ、勝利を祝う上奏といった、陛下の耳目に心地好いものばかりです。遠方の民の肝臓や脳が刀につき、筋骨が兵糧のなかに失われ、没落破産して息子や娘を売り、目をつぶし腕を折り自ら縊死するありさまは、陛下はきっとご覧になれますまい。慈愛に満ちた父、孝行な子、陛下に見捨てられた臣下や夫を失った妻の泣き声を、陛下はきっとお聞きにはなれぬでしょう。

たとえば、牛や羊を殺したり魚類を切り身にしたりして、美味い食事を作るようなものです。食べる者はとても良いが、食べられる者はとても苦しみます。陛下に牛や羊・魚らが刀の下で叫び、包丁や俎板の所でのたうつのをご覧に入れますなら、きっと箸を投げ出し、食べるに忍びないでありましょう。ましてや人の命をもとに耳や目に心地良い報をなしているとあっては、なおさらでしょう。

また陛下の将卒が強力で国庫の充実した、さながら秦・漢・隋・唐の君主のような立場にしてさしあげても、戦勝の後には禍乱が起こり、その状を救済できないでしょう。まして現存の将卒は怯懦で弱く凡庸であり、古人には遥かに及ばず、そのうえ数年来、公も民間も窮乏し、国庫の歴代の蓄えはすっかりなくなり、州郡の徴税の蓄えもすべて上納済みであり、官吏の俸給すら僅かばかりのものをやっと保っている状況で、南郊の祭祀の際の賞与は長く与えられず、この状態で国兵を動かしたりすれば、かりに智者がいたところで今後善処することなどできません。

また飢饉・疫病の後、盗賊があちこちに起こり、京東路・河北路の状況は言い様もなくひどいものです。ここで軍事が一旦起こるならば、きつい徴税がそのためになされ、民は窮乏してそれを申し立てる術もなく、形勢として大盗をしなくては自らの命を保てぬことになります。辺境の事態はますます泥沼となり、国内の患いもおこり、かつて陳勝・呉広の乱が起こった際の情勢が再現されつつあります。これこそ私が一晩じゅう眠れず、食事の際にも歎き、慟哭してやまない理由なのです。

本文 (7)

且《かつ》つ臣之《しんこれ》を聞《き》けり、凡《およ》そ大事《だいじ》を挙《あ》ぐるは、必《かなら》ず天心《てんしん》に順《したが》う、と。天《てん》の向《む》かう所《ところ》、之《これ》を以《もっ》て事《こと》を挙《あ》ぐれば必《かなら》ず成《な》らん、天《てん》の背《そむ》く所《ところ》、之《これ》を以《もっ》て事《こと》を挙《あ》ぐれば必《かなら》ず敗《やぶ》れん。蓋《けだ》し天心向背《てんしんこうはい》の迹《あと》は、禍《か》祥豊歉《しょうほうけん》の間《かん》に見《あらわ》る。今近歳《いまきんさい》より日蝕星変《にっしょくせいへん》、地《じ》震山崩《しんさんほう》、水旱癘疫《すいかんれいえき》ありて、連年解《れんねんと》けず。民《たみ》の死《し》せるもの将《まさ》に半《なか》ばならんとす。天心《てんしん》の向背《こうはい》、以《もっ》て見《み》るべし。而《しか》れども陛下方且《へいかまさ》に断然顧《だんぜんかえり》みず、事《こと》を興《おこ》して已《や》まず、譬《たと》えば人子《じんし》の過《あやま》ちを父母《ふぼ》に得《う》るが如《ごと》く、惟《た》だ恭順静思《きょうじゅんせいし》、咎《とが》を引《ひ》き自《みずか》ら責《せ》むること有《あ》らば、庶幾《こいねが》わくは解《と》くべし。今乃《いますなわ》ち粉然《ふんぜん》として奴婢《どひ》を詰責《きっせき》し、恣《ほしいまま》に箠楚《すいそ》を行《おこな》う。此《これ》を以《もっ》て親《おや》に事《つか》う、未《いま》だ父母《ふぼ》に赦《ゆる》さるる者有《ものあ》らず。故《ゆえ》に臣願《しんねが》わくは陛下《へいか》遠《とお》く前《ぜん》世興亡《せいこうぼう》の迹《あと》を覧《み》、深《ふか》く天心向背《てんしんこうはい》の理《り》を察《さっ》し、意《い》を兵革《へいかく》の事《こと》に絶《た》ち、疆《きょう》を保《たも》ち鄰《りん》を睦《ぼく》し、安静無為《あんせいむい》なるは、固《もと》より社稷《しやしよく》長久《ちようきゆう》の計《けい》なり。上《かみ》は以《もつ》て二《に》宮《きゆう》朝夕《ちようせき》の養《よう》を安《やす》んじ、下《しも》は以《もつ》て四《し》方《ほう》億兆《おくちよう》の命《めい》を済《な》せば、則《すなわ》ち臣溝壑《しんこうがく》に老《ろう》死《し》すると雖《いえど》も、目《め》を地下《ちか》に瞑《めい》せん。昔漢祖《むかしかんそ》群雄《ぐんゆう》を破滅《はめつ》して、遂《つい》に天下《てんか》を有《たも》つ。光武《こうぶ》百戦百勝《ひやくせんひやくしよう》し、漢《かん》を祀《まつ》り天《てん》に配《はい》す。然《しか》れども白登《はくとう》の囲《かこ》まるるに至《いた》らば、則《すなわ》ち和親《わしん》の議《ぎ》を講《こう》ず。西域吏《せいいきり》を請《こ》えば、則《すなわ》ち謝絶《しやぜつ》の言《げん》を出《い》だす。此《こ》の二《に》帝《てい》は、兵《へい》を知《し》らざるには非《あら》ざるなり。蓋《けだ》し変《へん》を経《ふ》ること既《すで》に多《おお》ければ、則《すなわ》ち患《かん》を慮《おもんぱか》ること深遠《しんえん》なり。今陛下《いまへいか》深《ふか》く九重《きゆうちよう》に居《お》り、而《しか》して軽《かるがる》〻しく討伐《とうばつ》を議《ぎ》す。老臣庸儒《ろうしんようしゆ》、私《ひそ》かに以《もつ》て過《あやま》ちと為《な》す。

解釈　私はこうも聞いております。「大事をなすには必ず天意に従う。天意に適うものは事を行えばうまくゆき、天意に反するものは、事を行ってもきっと失敗する」と。つまり天意に適うか否かは、災害・瑞祥・豊年・凶年といった事象に示されます。最近は日食や星の異変、地震・山崩れ、水害と旱害、疫病が毎年起こって絶えず、人民も半ば近くが死のうとしていますことからも、天意は現状を良しとしているかどうかを推察することができます。陛下がここで何も考えずに断然軍事を起こしてやまぬというのは、例えば人の子が悪事をしてしまった場合と同じであります。子が恭順・静思の態度で反省するなら、父母の怒りも解けましょう。しかしなお、父母に怒られたからといって、無態にも奴婢を責め鞭打ちなどする、そうした態度で親に対するならば、父母に赦されることはないのです。

ですから陛下には、遠く前世の興亡のあとをご覧になり、深く天意に添う添わぬの理を考え、軍事を用いず、国境を固め鄰邦と和睦して下さるように望みます。静かにしてなすことがないのは、国を長く安泰ならしむる計であり、上は太皇太后（曹氏）と皇太后（高氏）への孝養を安定させ、下は四方の億万の命を助ける、こうなれば私は溝のなかに果てましても安心して死ぬことができます。

昔漢の高祖は群雄を敗り滅ぼして遂に天下を取り、光武帝も百戦百勝して漢を継ぎ天子となりました。しかし高祖は白登で敵に囲まれるや和睦をし、光武帝は西域から長吏を要求してきました際、拒絶しました。この二人の皇帝は決して兵にうとかったのではありません。思うに兵変を何度も経験したので、以後の禍いを深く予見できたのです。いま陛下は宮中奥深くにあって、軽々しく敵の討伐を議論しておりますが、凡庸な私としましては、これは誤りであると考えております。

(8)

本文　然《しか》れども人臣説《じんしんせつ》を君《きみ》に納《い》れ、其《そ》の既《すで》に厭《あ》くに因《よ》りて之《これ》を止《や》むれば、則《すなわ》ち力《ちから》を為《な》し易《やす》し。其《そ》の方《ほう》に鋭《えい》なるを迎《むか》えて之《これ》を折《くじ》けば、則《すなわ》ち功《こう》を為《な》し難《がた》し。凡《およ》そ血気《けつき》有《あ》るの倫《たぐい》は、皆勝《みなか》ちを好《この》むの意《い》有《あ》り。其《そ》の気《き》の盛《さか》んなるに方《あ》たるや、布衣賤士《ふいせんし》と雖《いえど》も、奪《うば》うべからざる有《あ》り。智識特達《ちしきとくたつ》、度量《どりよう》人《ひと》に過《す》ぐるに非《あら》ざるよりは、未《いま》だ能《よ》く奮発《ふんばつ》の中《うち》に勇《いさ》み、己《おのれ》を舎《す》て人《ひと》に従《したが》い、惟《た》だ義《ぎ》是《こ》れ聴《き》く者有《ものあ》らざるなり。今陛下《いまへいか》気《き》を武《ぶ》を用《もち》うるに盛《さか》んにして、勢回《せいかい》すべからず。臣知《しんし》らざるに非《あら》ず。而《しか》れども言《げん》を献《けん》じて已《や》まざるは、誠《まこと》に陛下《へいか》の聖徳寛大《せいとくかんだい》にして、聴納疑《ちようのううたが》わざるを見《み》、故《ゆえ》に敢《あ》えて衆人勝《しゆうじんか》ちを好《この》むの常心《じようしん》を以《もっ》て陛下《へいか》に望《のぞ》まず。且《か》つ意《おも》う、陛下《へいか》他日親《たじつした》しく兵《へい》を用《もち》うるの害《がい》を見《み》、必《かなら》ず将《まさ》に哀痛悔恨《あいつうかいこん》して、左右大臣未《さゆうだいじんいま》だ嘗《かつ》て一言《いちげん》せざるを追咎《ついきゅう》せんとす。臣《しん》も亦《ま》た将《まさ》に老《お》い且《か》つ死《し》せんとす。先帝《せんてい》に地下《ちか》に見《まみ》ゆる、亦《ま》た以《もっ》て口《くち》を藉《し》く有《あ》らん。惟《た》だ陛下《へいか》哀《かな》しみて之《これ》を察《さっ》せよ。

解釈　しかし臣下が君主に自説を述べるのには、君主が既に厭いたときに止めると効果がありますが、君主が意気盛んなときに反対すると効果がないものです。いったい血気盛んな人々は皆勝利を好みます。意気盛んな時には、たとえそれらが身分の低い者、無官の者であっても、その意図を挫けません。

知識が特に優れ、度量も人に倍するような者でなければ、奮いおこる勢いより勇敢で、自分を捨てて人の意見に従い、ただ道義に従い面子を棄てられないのです。今陛下は武力を用いることに意を用い、その勢いを止めることはできません。私もそれを存じております。それでもこのような言葉を献じてやまないのは、陛下の徳が広く寛容であり、これを聞き届けてくださる度量を疑わないからです。ですから皆と同じような勝利のみを望む気持ちを、陛下には望まないのです。

また陛下が後になって御自分の用兵の害を見れば、きっと心に哀しみ悔い、左右の大臣がこれを指摘しなかったと追及されるでしょう。私も今は老齢で死のうとしておりますが、先帝にあの世でお目にかかるとき、こうして忠告をしたという申し聞きはできましょう。陛下が私を哀しみ、この上奏の意図を理解して下さいますよう。

論二商鞅一（商鞅《しょうおう》を論《ろん》ず）

(1)

本文 商鞅秦《しょうおうしん》に用《もち》いられ、法《ほう》を変《へん》じ令《れい》を定《さだ》む。之《これ》を行《おこな》うこと十年《じゅうねん》にして、秦《しん》の民大《たみおお》いに悦《よろこ》び、道《みち》に遺《い》を拾《ひろ》わず、山《やま》に盗賊無《とうぞくな》く、家〻給《いえいえきゅう》し人〻足《ひとびとた》れり。民公戦《たみこうせん》に勇《ゆう》にして、私闘《しとう》に怯《きょう》し、秦人富彊《しんひとふきょう》、天子胙《てんしそ》を孝公《こうこう》に致《いた》し、諸侯《しょこう》畢《ことごと》く賀《が》す。

解釈 商鞅が秦に用いられ法令を改定した。そして十年すると秦の民はたいへん喜んだ。なぜなら国民は道のものを拾わず、山に盗賊はおらず、各家・各人は満ち足りた。民は公の戦闘には勇敢であったが、私闘は慎重に避けるようになった。こうして秦は富強となったので、天子は（文王・武王を祭ったあとの）ひもろぎを孝公に賜り、諸侯も皆それを祝った。

背景 商鞅（紀元前三九〇～紀元前三三八年）は公孫鞅。衛の孽《げつ》の公子で、秦で商邑に封ぜられたことからこう呼ばれる。咸陽に都を建てるなどの功があり宰相となったが、孝公が没すると魏に亡命しようとして果たさず。恵王により一家は滅ぼされた。その説は法家として知られる。この論は司馬遷の商鞅評価に異を唱え、商鞅論の形を借りて、神宗と王安石を刺《そし》ったものである。本段は商鞅に対する司馬遷の評価（『史記』商君列伝）を論の冒頭で挙げている。

本文(2)

蘇子《そし》曰《いわ》く、此《こ》れ皆戦国《みなせんごく》の遊士《ゆうし》、邪説詭論《じゃせつきろん》し、而《しか》して司馬遷大道《しばせんたいどう》に闇《くら》く取《と》つて以《もっ》て史《し》と為《な》す。吾嘗《われかつ》て以為《おもえ》らく、遷《せん》に大罪有《たいざいあ》ること二《に》。其《そ》の黄老《こうろう》を先《さき》にして六経《りくけい》を後《あと》にし、処士《しょし》を退《しりぞ》け姦雄《かんゆう》を進《すす》むるは、蓋《けだ》し其《そ》の小《しょう》小《しょう》なる者《もの》のみ。所謂大罪二《いわゆるたいざいに》とは、則《すなわ》ち商鞅《しょうおう》・桑弘羊《そうこうよう》の功《こう》を論《ろん》ずるなり。漢《かん》より以来学者《いらいがくしゃ》商鞅《しょうおう》・弘羊《こうよう》を言《い》うを恥《は》じ、而《しか》して世主独《せいしゅひと》り甘心《かんしん》す。皆陽《みなよう》に其《そ》の名《な》を諱《い》みて而《しか》して陰《ひそ》かに其《そ》の実《じつ》を用《もち》う。甚《はなは》だしき者《もの》は則《すなわ》ち名実皆之《めいじつみなこれ》を宗《むね》とし、其《そ》の功《こう》を成《な》すを庶幾《こいねが》う。此《こ》れ司馬遷《しばせん》の罪《つみ》なり。

解釈

蘇軾が申しますに、商鞅は戦国の遊説の士で邪説を述べ詐欺まがいの論をはった。司馬遷は大道にうとく、彼を取り上げて『史記』に記録した。私は嘗て、司馬遷には二つの大罪があると考えた。黄老を重んじて六経を軽んじたり、立派な士を退けて姦雄を評価することは、罪としてまだまだ軽いものである。所謂大罪とは、商鞅と桑弘羊の功を論じたことなのである。漢以後の学ぶ者は商鞅・桑弘羊の事を論じるのを恥じたものだが、時の君主は二人を気に入っていた。皆表立っては嫌っていたが、うらでは其の法を使っていた。ひどい場合は、名実とも二人を崇め功を為すことを願った。こうした事態をもたらしたのが司馬遷なのである。

背景 蘇子は蘇軾の自称である。桑弘羊（紀元前一五二～紀元前八〇）は漢の洛陽の商人の子で、算用に秀で十三歳の若さで侍中に登用され、均輸を行った。また有名な平準法は彼の手になる。後、謀叛を起こし殺された。本段は前段の司馬遷の商鞅評価、及び桑弘羊評価に反発し、論を展開する。南宋の郎曄《ろうよう》の『経進東坡文集事略』において、「荊公（王安石）の詩に、『時人莫要非商鞅、商鞅能令政必行』の句有り、故に公、名実皆之を宗とす」とあり、文中の「甚だしき者は則ち名実皆之を宗とする」ものは王安石であると暗示していると指摘している。

本文　(3)

秦《しん》は固《もと》より天下《てんか》の彊国《きょうこく》にして、而《しか》して孝公《こうこう》も亦《ま》た志《こころざし》有《あ》るの君《きみ》なり。其《そ》の政刑《せいけい》を修《おさ》むること十年《じゅうねん》、声色畋遊《せいしきでんゆう》の敗《やぶ》る所《ところ》と為《な》らず。商鞅微《しょうおうな》しと雖《いえど》も富彊《ふきょう》ならざること有《あ》らむや。秦《しん》の富彊《ふきょう》なる所以《ゆえん》の者《もの》は、孝公本《こうこうほん》を敦《あつ》うし、穡《しょく》を力《つと》むるの効《こう》にして、鞅《おう》が血《ち》を流《なが》し骨《ほね》を剝《はく》するの功《こう》に非《あら》ざるなり。而《しか》して秦《しん》の民《たみ》に疾《にく》まるること豺《さい》虎毒薬《こどくやく》の如《ごと》く、一夫難《いっぷなん》を作《な》して子孫《しそん》に遺種無《いしゅな》き所以《ゆえん》は、則《すなわ》ち鞅実《おうじつ》に之《これ》あらしむ。桑弘羊《そうこうよう》が斗筲《としょう》の才《さい》・穿窬《せんゆ》の智《ち》に至《いた》っては、言《い》うに足《た》る者無《ものな》し。而《しか》れども遷《せん》の言《げん》に曰《いわ》く、賦《ふ》を加《くわ》えずして上用足《かみようた》る、と。善《ぜん》なるかな、司馬光《しばこう》の言《げん》や。曰《いわ》く、天下《てんか》に安《いず》くんぞ此《こ》の理有《りあ》らむ。天地《てんち》の生《しょう》ずる所《ところ》、財貨《ざいか》百物《ひゃくぶつ》、止《た》だ此《こ》の数有《かずあ》り。民《たみ》に在《あ》らざれば則《すなわ》ち官《かん》に在《あ》り。譬《たと》えば雨沢《うたく》の如《ごと》し。夏潦《なつろう》すれば則《すなわ》ち秋旱《あきかん》す。賦《ふ》を加《くわ》えずして上《かみ》用足《ようた》るは、法《ほう》を設《もう》けて陰《ひそ》かに民《たみ》の利《り》を奪《うば》うに過《す》ぎず。其《そ》の害《がい》、賦《ふ》を加《くわ》うるよりも甚《はなは》だし、と。

解釈　秦はそもそも天下の強国であり、また孝公も優れた志を持つ君主であった。政刑を修めて十年、音曲・女色・狩猟により本務たる政治を害することはなかった。たとえ商鞅がいなかったとしても、秦が富強でないはずがないではないか。秦が富強であったのは、孝公が国の大本を大切に考えて農業に力を入れた成果であって、鞅による、血を流し骨を剝ぎ取るような刑法のおかげではないのである。それなのに秦が狼虎や毒薬のように民に恨まれ、独りの民間の男が乱を起こしたことから子孫が根絶やしになるまで亡びてしまったのは、商鞅の政策がこの事態を生んだのである。

桑弘羊のような、僅かばかりの才能と知恵については語るべきこともない。司馬遷が税を加えなくとも国の財用に十分だったと評したけれども、この点についての司馬光の評は言いえて妙である。すなわち、「天下にどうしてそんな理屈があろうか。天地の間に生み出される財貨や物品の数は決まっている。それが民になければ役所のほうにある。これは雨の恵みのようなもので、夏に長雨があれば秋に日照りとなり、一年の降雨の帳尻が合うようになっているのだ。税を取らずに国の財用が足りたというのは、法によって、本来民間に生ずべき利潤を奪っているということであり、儲けに対して課税するよりまだ悪い」というものだ。

背景　孝公（紀元前三八一〜紀元前三三八年）は、秦の第二十五代孝公。商鞅を登用して国制改革に当たらせ、富国強兵に努めて後の始皇帝の中国統一の礎を築いた。蘇軾が秦の富強の功を孝公に譲り、罪を商鞅に被らせたことは変法を批判するためであろう。本段で自分と同じ旧法派司馬光の論説を引用して賛意を示したのは、王安石の財政改革を非難する意図が窺える。司馬光（一〇一九年～一〇八六）、字は君実、『資治通鑑』の編者である。宋の仁宗・英宗朝諫官となるが、やがて王安石の新法に反対し、中央から離れ、その後、元祐元年、守尚書左僕射兼門下侍郎となり新法廃絶に舵を切った。

(4)

本文　世《よ》に鍾乳《しようにゆう》烏喙《かい》を食《く》らつて酒色《しゆしよく》を縦《ほしいまま》にし、以《もつ》て長年《ちようねん》を求《もと》むる者有《ものあ》り。蓋《けだ》し何晏《かあん》に始《はじ》まる。晏少《あんわか》くして富貴《ふうき》たり。故《ゆえ》に寒食散《かんしよくさん》を服《ふく》して以《もつ》て其《そ》の欲《よく》を済《すく》う。怪《あや》しむに足《た》る者無《ものな》し。彼《かれ》の為《な》す所《ところ》、以《もつ》て身《み》を殺《ころ》し族《ぞく》を滅《めつ》するに足《た》る者《もの》、日《ひ》〻《び》相継《あいつ》ぐなり。世《よ》の寒食散《かんしよくさん》を服《ふく》して、背《せ》に疽《そ》して血《ち》を嘔《は》く者相《ものあい》踵《つ》ぐなり。寒食散《かんしよくさん》に死《し》するを得《う》るは、豈《あ》に不幸《ふこう》ならむや。而《しか》れども吾独《われひと》り何為《なんす》れぞ之《これ》に効《なら》わむ。商鞅《しようおう》・桑弘羊《そうこうよう》の術《じゆつ》を用《もち》いて国《くに》を破《やぶ》り宗《そう》を亡《ほろ》ぼす者《もの》、皆是《みなこれ》なり。然《しか》り而《しか》うして終《つい》に悟《さと》らざる者《もの》は、其《そ》の言《げん》の美便《びべん》なるを楽《たの》しんで其《そ》の禍《わざわ》いの惨烈《さんれつ》なるを忘《わす》るるなり。

解釈　この世には鍾乳石やトリカブトを食べて酒や女色に溺れ長命を願う者がいる。これは何晏から始まった。何晏は若いときから富貴の身分であったから寒食散を服用して欲を発散したのであり、何の不思議もない。彼の行ったことは、場合によっては身体を殺し一族を亡ぼすに足ることで、そうしたことが日々相継いだ。寒食散を飲んで死ねるなら別に不幸ではないが、私だけどうしてそれを真似ようか。世の中には寒食散を服用して背中に腫れ物ができ血を吐く者が多かった。商鞅・桑弘羊の政策を用いて国を破滅させ宗祖を亡ぼす者は、この類である。それなのに、その害を予見しないのは、彼らの言辞の心地よさを楽しんで禍いのひどいのを忘れているのである。

背景 何晏（?〜二四九）、魏の人、字は平叔。司馬懿に謀叛のかどで殺された。寒食散は鐘乳石などを練って作り、五石散ともいう。もともと薬用であったが、何晏がこの薬に精神高揚の効能があることを述べ、以降広まった。

留侯論《りゅうこうろん》

本文 古《いにしえ》の所謂《いわゆる》豪傑《ごうけつ》の士《し》は、必《かなら》ず人《ひと》に過《す》ぐるの節《せつ》有《あ》り。人情《にんじょう》の忍《しの》ぶ能《あた》わざる所《ところ》の者《もの》有《あ》り。匹夫《ひっぷ》辱《はずかし》めらるれば剣《けん》を抜《ぬ》きて起《た》ち、身《み》を挺《てい》して闘《たたか》う。此《こ》れ勇《ゆう》と為《な》すに足《た》らざるなり。天下《てんか》に大勇《たいゆう》なる者《もの》有《あ》り。卒然《そつぜん》として之《これ》に臨《のぞ》めども驚《おどろ》かず。故無《ゆえな》く之《これ》に加《くわ》えて怒《おこ》らず。此《こ》れ其《そ》の挟持《きょうじ》する所《ところ》の者《もの》甚《はなは》だ大《だい》にして、其《そ》の志《こころざし》甚《はなは》だ遠《とお》ければなり。(1)

解釈 古の所謂「豪傑」とは、きっと普通の人を越えた節操を備えていたのだ。人の情から言って辛抱できぬものがあるとすると、普通の人なら、辱めを受けたきっと剣を抜いて起ち上がり身を挺して闘う。しかしこれを「勇」とみなすことはできない。天下には「大勇」と称される人がいるが、その人たちは、突然危険に遭っても慌てず、故なく辱めを受けても怒らない。これは彼の抱いている抱負が大きく、志がずっと高遠なところを向いているためである。

背景 留侯は張良（?～紀元前一八六）、字は子房。もと韓の宰相の家の出。漢王朝設立時の功績により留（現在の江蘇省徐州市）に封ぜられた。『史記』巻五十六に「留侯世家」という張良の伝がある。この文章は蘇軾が欧陽脩の推薦により、嘉祐六年（一〇六一）の制科に参加した時に、献上した「進論」の一つで、「留侯世家」に記載される張良と老人の故事を契機として、張良の「忍」の性格の重要性を強調するものである。本段は「忍」と「不忍」の対立関係を提起することで論を立て、全篇の大意を総括する。

(2)

本文　夫《そ》れ子房《しぼう》の書《しょ》を圯上《しじょう》の老人《ろうじん》に受《う》くる、其《そ》の事甚《ことはなは》だ怪《あや》し。然《しか》れども亦《ま》た安《いず》くんぞ其《そ》の秦《しん》の世《よ》に隠君子《いんくんし》なる者《もの》出《い》ずる有《あ》りて之《これ》を試《こころ》みるに非《あら》ざるを知《し》らんや。其《そ》の微《かす》かに其《そ》の意《い》を見《あらわ》す所以《ゆえん》の者《もの》を観《み》るに、皆聖賢相与《みなせいけんあいとも》に警戒《けいかい》するの義《ぎ》なり。而《しか》るに世察《よさつ》せずして以《もっ》て鬼物《きぶつ》と為《な》すは、亦《ま》た已《はなは》だ過《あやま》てり。且《か》つ其《そ》の意《い》は書《しょ》に在《あ》らず。韓《かん》の亡《ほろ》び、秦《しん》の方《まさ》に盛《さか》んなるに当《あ》たりてや、刀《とう》・鋸《きょ》・鼎《てい》・鑊《かく》を以《もっ》て天下《てんか》の士《し》を待《ま》つ。其《そ》の平居《へいきょ》し罪無《つみな》くして夷滅《いめつ》せらるる者《もの》は、数《かぞ》うるに勝《た》うべからず。賁《ほん》・育有《いくあ》りと雖《いえど》も施《ほどこ》すを獲《う》る所無《ところな》し。夫《そ》れ法《ほう》を持《じ》することの太《はなは》だ急《きゅう》なる者《もの》は、其《そ》の鋒犯《ほうおか》すべからずして、其《そ》の勢《いきお》い、未《いま》だ乗《じょう》すべからず。子房忿忿《しぼうふんぷん》の心《こころ》に忍《しの》びず、匹夫《ひっぷ》の力《ちから》を以《もっ》て、而《しか》して一撃《いちげき》の間《かん》に逞《たくま》しうせんとす。此《こ》の時《とき》に当《あ》たりて子房《しぼう》の死《し》せざるは、其《そ》の間《かん》に髪《はつ》を容《い》るること能《あた》わず、蓋《けだ》し亦《ま》た已《はなは》だ危《あや》うし。

千金《せんきん》の子《こ》は盗賊《とうぞく》に死《し》せず。何《なん》となれば、其《そ》の身《み》の愛《あい》すべくして、而《しか》して盗賊《とうぞく》の以《もっ》て死《し》するに足《た》らざればなり。子房《しぼう》、世《よ》を蓋《おお》うの才《さい》を以《もっ》て、伊尹太公《いいんたいこう》の謀《はかりごと》を為《な》さずして、而《しか》して特《た》だ荊軻《けいか》・聶政《しょうせい》の計《けい》に出《い》で、以《もっ》て死《し》せざるを僥倖《ぎょうこう》す。此《こ》れ圯上《しじょう》の老人《ろうじん》の為《ため》に深《ふか》く惜《お》しむ所《ところ》の者《もの》なり。是《こ》の故《ゆえ》に倨傲鮮腆《きょごうせんてん》にして深《ふか》く之《これ》を折《くじ》く。彼其《かれそ》の能《よ》く忍《しの》ぶ所有《ところあ》るや、然《しか》る後以《のちもつ》て大事《だいじ》を就《な》すべし。故《ゆえ》に孺子《じゅし》教《おし》うべしと曰《い》うなり。

解釈　そもそも張子房は兵書を橋上の老人から受けとったというが、この事はまことに奇怪である。しかし、それが秦朝のころ世に隠れていた君子であり、それが現れて張良のことを試したのではないとどうして分かろうか（きっとそうであろう）。老人が自分の考えを暗に示唆したやり方を見るなら、それは聖人が人々を戒めるやり方そのものである。しかし世の人はそれに気付かず、老人を奇怪の者と考えたが、これはたいへん誤った考えである。まして老人の意図は書を授けることではない。韓が滅亡し秦が盛んな時期に、秦の始皇帝は刀・斧・鼎といった刑具を用いたひどい刑罰で天下の賢人を扱った。そうして罪も無く殺された人は数知れない。たとえ孟賁や夏育といった古代の勇者がいたとしても、何もできなかったろう。

そもそも法を過激に施行する人がいると、その人の矛先に触れられないし、隙につけこむこともできない。張子房は、抑えられぬ怒りの感情にまかせて普通の刺客を使って、博浪沙で始皇帝に一撃加えようとした。この時は、彼は命を落とさなかったとはいえ、死の間近までいき非常に危険であった。

大金持ちの子弟は、盗賊の手にかかって死にたくないと思う。何故なら、彼らは生命は尊く、物を惜しんで死ぬのは馬鹿らしいと分かっているからだ。

張子房は世に抜きん出た才能を持ちながら、伊尹や太公望のような大策略を考えず、逆に荊軻や聶政といった殺し屋の手段にその身をまかせた。その結果は、幸運にも死なずにすんだというものであった。これこそ橋上の老人が彼のために惜しんだ理由である。だから老人はわざと無礼な態度をとって張子房を辱めた。彼がもし我慢できたなら大業も果たせるはずだ。だから老人は「この若者は見所がある」と言ったのである。


背景　本段は老人が張良に「忍」を教えたことを述べる。

『史記』留侯世家によれば、韓滅亡後、博浪沙で、刺客を雇い、百二十斤の鉄鎚を秦の始皇帝に投げつけようとして失敗し、その後は隠れて下邳（現在の江蘇省邳州市）にいた。そうしたある日橋の上で老人に会う。老人はわざと履《くつ》を下に投げ、張良に拾わせた。良が拾ってくると、老人は更に自分の足を出してその履を履かせ、笑って去った。一里以上歩いてから、老人は「孺子教うべし。後五日平明吾と此に会わむ」と言った。良がこれを果たすと、老人は良に「太公兵法」を授ける。そして「此れを読めば則ち王者の師たらむ。後十年にして興る。十三年、孺子我を見北谷城に済れ、山下の黄石即ち我なり」と言った。やがて劉邦を助けて漢をたてることになる。

「而るに世察せずして以て鬼物と為すは、亦た已だ過てり」のような論説は『史記』留侯世家の論賛及び漢の王充『論衡』自然などに見られる。

賁・育は孟賁と夏育のこと。いずれも秦の武王時代の壮士。孟賁は衛の勇士で牛尾を抜くことができ、水行して蛟竜を避けず、陸行して虎兕を避けずと言われる。夏育は斉の勇士。力が強く、千鈞を挙げ、牛の角を抜いたという。伊尹、名は摯、湯王の相として夏の傑王を討ち天下を湯に取らせた。太公は太公望呂尚で、七十歳で周の文王を補佐した。また武王が紂王を討つのを援けた。荊《けい》軻《か》は斉人で秦王の命を狙った刺客である。聶政《じょうせい》は魏の人で、のち斉に移る。韓の仲子（厳遂）に仕え、韓傀を殺した刺客である。

(3)

本文

楚《そ》の荘王《そうおう》鄭《てい》を伐《う》つ。鄭伯肉袒《ていはくにくたん》して羊《ひつじ》を牽《ひ》きて以《もっ》て迎《むか》う。荘王曰《そうおういわ》く、其《そ》の君《きみ》能《よ》く人《じん》に下《くだ》る、必《かなら》ず能《よ》く其《そ》の民《たみ》を信用《しんよう》せんと。遂《つい》に之《これ》を舎《ゆる》す。句践《こうせん》の会稽《かいけい》に困《くる》しみて帰《かえ》り、呉《ご》に臣妾《しんしょう》たる者《もの》、三年《さんねん》にして勧《う》まず。

且《か》つ夫《そ》れ人《じん》に報《ほう》ずるの志《こころざし》有《あ》りて人《じん》に下《くだ》る能《あた》わざるは、是《こ》れ匹夫《ひっぷ》の剛《ごう》なり。

夫《か》の老人《ろうじん》なる者《もの》以為《おもえ》らく、子房《しぼう》の才余《さいあま》り有《あ》りて、其《そ》の度量《どりょう》の足《た》らざるを憂《うれ》うるが故《ゆえ》に、深《ふか》く其《そ》の少年剛鋭《しょうねんごうえい》の気《き》を折《くじ》き、之《これ》をして小忿《しょうふん》を忍《しの》んで大謀《たいぼう》を就《な》さしむ。

何《なん》となれば、則《すなわ》ち平生《へいぜい》の素《そ》有《あ》るに非《あら》ずして、卒然《そつぜん》として草野《そうや》の間《かん》に相遇《あいあ》う。而《しか》して命《めい》ずるに僕妾《ぼくしょう》の役《やく》を以《もっ》てし、油然《ゆうぜん》として怪《あや》しまざるは、此《こ》れ固《もと》より秦《しん》の皇帝《こうてい》の驚《おどろ》かす能《あた》わざる所《ところ》にして、項籍《こうせき》の怒《おこ》らす能《あた》わざる所《ところ》なり。

解釈 楚の荘王が鄭を攻めたとき、鄭の襄公は肩肌脱ぎになって羊を牽いて荘王を迎えた。荘王は「この国の主君が人にへりくだることができる以上、きっと彼の国の人民を心服させられよう」と言って攻撃をやめた。越王句践は、呉と戦って会稽山下に囲まれた。そこで呉に臣下の礼をとり、三年怠りなかった。

このように見てくると、報復を考えながら相手に屈することができないのは凡人の剛である。かの橋上の老人は、張子房が有り余る才能を持っているのを知りながら、その度量が小さいのではと心配した。彼の若さゆえの強気を挫き、彼に小さな怒りは耐え、忍び大きな成果を得させるようにした。

何故なら、今まで交流もなく、突然道端で会った者が彼に下僕のようなことをさせたのに、彼は完全に従順で老人に文句を言わなかった。これこそ始皇帝も彼を畏れさせることができず、項羽も彼を怒らせることができなかった理由である。

背景 本段は「忍」と成功との関係を史上の故事を挙げて強調する。

楚の荘王（?～紀元前五九一）、名は旅。穆王《ぼくおう》の子で覇者となった。鄭伯は鄭の襄公。この事は『春秋左氏伝』宣公十二年に見える。荘王が鄭を囲んだとき、鄭伯は肌脱ぎで羊を牽いて荘王を迎えた。肌脱ぎは屈服を示し、羊を牽くのは奴隷たることを示している。そこで楚の荘王が「其の君能く人に下れば、必ず能く其の民を信用す、庸《なん》ぞ幾《むか》うべけんや」と言った。

句践（？〜紀元前四六五）は越の王で、呉王父差の軍に会稽山下に囲まれた。その後、臥薪嘗胆の末、呉を破って覇業を成し遂げた。春秋時代の歴史書である『国語』越語下によると、勾践は会稽から戻ると、「大夫種をして国を守らしめ、范蠡《はんれい》と呉に宦に入る。三年にして呉人之を遣わす」とある。また『史記』越王勾践世家には、大夫種を遣わし降伏を申し入れ、「勾践臣たりて、妻は妾たるを請」い、会稽から戻ると、「范蠡と大夫柘稽をして成を行い呉に質為らしむ、二歳にして呉蠡を帰す」とある。

項籍（紀元前二三二〜紀元前二〇二）は項羽、秦末期の楚の武将。劉邦と秦都咸陽を攻めたとき、先に咸陽に入った者が王となると約束したが、鴻門の会で、これに反して范増と沛公を殺そうとした。張良はこれに怒らず、計により劉邦を逃し、項羽に白璧を献上して危機を脱した。

(4)

本文　夫《か》の高帝《こうてい》の勝《か》つ所以《ゆえん》にして項籍《こうせき》の敗《やぶ》るる所以《ゆえん》の者《もの》を観《み》るに、能《よ》く忍《しの》ぶと忍《しの》ぶ能《あた》わざるとの間《かん》に在《あ》るのみ。

項籍《こうせき》惟《た》だ忍《しの》ぶ能《あた》わず。是《ここ》を以《もっ》て百戦百勝《ひやくせんひやくしよう》して其《そ》の鋒《ほう》を軽用《けいよう》し、高祖《こうそ》之《これ》を忍《しの》び、其《そ》の全鋒《ぜんほう》を養《やしな》いて其《そ》の弊《へい》を待《ま》つ。此《こ》れ子房之《しぼうこれ》に教《おし》うるなり。淮陰斉《わいいんせい》を破《やぶ》って自《みずか》ら王《おう》たらんと欲《ほっ》するに当《あ》たり、高祖《こうそ》怒《いか》りを発《はっ》し辞色《じしよく》に見《あらわ》る。此《こ》れに由《よ》りて之《これ》を観《み》れば、猶《な》お剛彊《ごうきよう》忍《しの》びざるの気有《きあ》り。子房《しぼう》に非《あら》ずんば、其《そ》れ誰《たれ》か之《これ》を全《まっと》うせん。

太史《たいし》公子《こうし》房《ぼう》を疑《うたが》って以為《おもえ》らく、魁梧《かいご》奇偉《きい》、而《しか》して其《そ》の状貌《じょうぼう》は乃《すなわ》ち婦《ふ》人女子《じんじょし》の如《ごと》く、其《そ》の志気《しき》に称《かな》わず。嗚呼《ああ》、此《こ》れ其《そ》れ子房《しぼう》たる所以《ゆえん》なるか。

解釈　漢の高祖が勝ち、楚の項羽が破れた理由は、小さな怒りを我慢できたかできなかったかの違いだけである。

項羽は我慢できなかっただけで、漢との戦いで百戦百勝しながら、軽々しく自分の精鋭を使ってしまった。高祖は我慢したので、全軍を温存して相手の疲弊を待った。これは張子房の考えによるものである。淮陰侯が斉を破り王となりたいと言ってきたとき、高祖は怒り、その感情は言葉や顔色に現れた。こうして見ると彼はやはり剛強で我慢できない気質の持ち主だった。張子房が戒めなかったら、だれが高祖の功を全うさせてやれたろうか。

司馬遷は、子房のことを大柄で厳つい体格の男と思っていたら、実はその姿かたちは婦女子のようで、彼の志節と合わないと思っていた。

ああ、しかしこの（内の気を外に発しない）点こそが、彼が張良たりえた理由なのである。

背景　「淮陰」は、淮陰侯韓信のこと。『史記』淮陰侯列伝によると、斉を平らげた韓信は、劉邦に対して、自分を仮王に封じるよう求めた。当時項羽軍に囲まれていた劉邦は、その書を読んで怒るが、張良は、ここは王にしておいて自分の所を守らせよ、さもなければ乱が起こる、と助言したので、劉邦は「大丈夫諸侯を定むれば、即ち真王為るのみ。何を以てか仮と為さん」と言い、張良を派遣し、韓信を斉王とし、その後、彼の兵を用いて楚を攻めた。

答二李端叔一書（李《り》端叔《たんしゅく》に答《こた》うるの書《しょ》）

本文　軾《しょく》、足下《そっか》(1)の名《な》を聞《き》くこと久《ひさ》し。又相識《またあいし》るの処《ところ》に於《お》いて往往作《おうおうつく》る所《ところ》の詩文《しぶん》を見《み》る。多《おお》からずと雖《いえど》も、亦《ま》た以《もっ》て其《そ》の人《ひと》と為《な》りを髣髴《ほうふつ》するに足《た》れり。尋常《じんじょう》は書問《しょもん》を通《つう》ぜず。怠慢《たいまん》の罪《つみ》、猶《な》お闊略《かつりゃく》すべし。足下《そっか》の斬然《ざんぜん》疚《きゅう》に在《あ》るに及《およ》び、亦《ま》た一字《いちじ》を以《もっ》て奉慰《ほうい》すること能《あた》わず。舎弟子由至《しゃていしゆういた》り、先《ま》ず書《しょ》を恵《めぐ》むを蒙《こうむ》る。又復《またま》た懶《らん》にして即答《そくとう》せず。頑鈍礼無《がんどんれいな》きこと、一《いつ》に此《これ》に至《いた》る。而《しか》れども足下《そっか》終《つい》に棄絶《きぜつ》せず。逓中《ていちゅう》再《ふたた》び手書《しゅしょ》を辱《かたじけの》うし、待遇益益隆《たいぐうますますりゅう》なり。之《これ》を覧《み》るに、面熱《めんあつ》く汗下《あせくだ》るなり。

解釈　私があなたの名前を耳にしてから、随分になりますし、また友人のところであなたの作られた詩文を読み、読んだ数は多くないとはいえ、その人柄を窺い知るには十分でした。普段書簡を出さないという私の怠慢の罪を、あなたは寛大にも許して下さっていたのでしょう。あなたが喪中で、悲しみの中にある時にも一字も慰めの書を出しませんでした。弟の蘇轍がこちらへ来て、あなたの手紙を戴きましたが、ものぐさにも直ぐには返事を出しませんでした。私が愚かで無礼なことは、これほどなのです。しかし、あなたはそれでも私のことを見捨てず、駅伝の便でまたもやお手紙を下さり、私への扱いはこれまで以上に情がこもっております。これを見て、私の顔が熱くなり汗が出るほど恥じております。

背景 本書は元豊三年（一〇八〇）に蘇軾が貶地黄州（現在の湖北省黄岡市）において李端叔に与えた手紙である。李端叔、名は之儀、滄州無棣（現在の山東省濱州市無棣県）の人である。若年で科挙試験に合格し、河中府万全県令、権知開封府開封県、枢密院編修官などを歴任した。詩文に長じ、特に書簡が巧みである。『姑渓居士文集』『姑渓詞』を著している。蘇軾との手紙のやり取りが十通以上ある。元豊二年（一〇七九）、蘇軾は烏台詩案で国政誹謗の罪を着せられて黄州へ左遷となった。子由は蘇軾の弟蘇轍（一〇三九〜一一一二）のこと。元豊二年八月、蘇轍は烏台詩案の影響で監筠州（現在の江西省）塩酒税に左遷された。翌三年正月、陳州で蘇軾と別れた。また同年の五月、蘇氏兄弟は黄州で会った。これによれば、蘇轍は李端叔の手紙を蘇軾に手渡した時期は元豊三年正月或いは五月と考えられる。本段では、蘇軾は李端叔の詩文を評価し、返信の遅れを謝る。

本文 (2)

足下《そっか》、才高《さいたか》く識明《しきあき》らかにして、応《まさ》に軽《かるがろ》しく人《ひと》に許与《きょよ》すべからず。黄魯直《こうろちょく》・秦太虚《しんたいきょ》の輩《はい》の語《ご》を用《もち》い、真《まこと》に以《もっ》て然《しか》りと為《な》すに非《あら》ざるを得《え》んや。不肖《ふしょう》、人《ひと》の憎《にく》む所《ところ》と為《な》る。而《しか》して二子《にし》独《ひと》り喜《よろこ》び誉《ほ》めらる。人《ひと》の昌歜《しょうさん》・羊棗《ようそう》を嗜《たしな》むが如《ごと》し。未《いま》だ其《そ》の然《しか》る所以《ゆえん》の者《もの》を詰《なじ》り易《やす》からず。二子《にし》を以《もっ》て妄《ぼう》と為《な》さば、則《すなわ》ち不可《ふか》なり。遂《つい》に以《もっ》て之《これ》を衆口《しゅうこう》に移《うつ》さんと欲《ほっ》するも又大《またおお》いに不可《ふか》なり。

解釈　あなたは才能が豊かで見識も優れており、軽々しく人を招くような方であるはずがありません。きっと黄魯直とか秦太虚らが私を誉める言葉を信用したのに違いありません。私は人に憎まれておりますが、黄・秦の二人だけは私のことを喜び誉めてくれます。人によっては菖蒲和《あ》えや棗《なつめ》を好むようなもので、好みである以上、なぜ好きかを問いただしにくいのです。二人の嗜好を誤りとすることはいけませんが、だからと言って、二人の好みを皆に広めることも、大変にまずいことです。

背景　本段では、黄庭堅（一〇四五～一一〇五）や秦観のように、蘇軾を尊崇しないことを勧める。黄庭堅、字は魯直。蘇門四学士の一で、特に詩人として著名であった。その詩風は、やがて江西詩派という宋詩の一派を生み出す。秦観（一〇四九～一一〇〇）、字は太虚、少游。蘇門四学士の一である。

(3)

本文　軾《しょく》、少年《しょうねん》の時書《ときしょ》を読《よ》み文《ぶん》を作《つく》るは、専《もっぱ》ら挙《きょ》に応《おう》ぜんが為《ため》のみ。既《すで》に進士《しんし》の第《だい》に及《およ》んで得《とく》を貪《むさぼ》りて已《や》まず。又制策《またせいさく》に挙《あ》げらるるも、其《そ》の実何《じつなん》の有《ゆう》する所《ところ》あらんや。而《しか》して其《そ》の科号《かごう》して直言極諫《ちょくげんきょくかん》と為《な》す。故《ゆえ》に毎《つね》に紛然《ふんぜん》として古今《ここん》を誦説《しょうせつ》し、是非《ぜひ》を考論《こうろん》して以《もっ》て其《そ》の名《な》に応《おう》ずるのみ。人自《ひとみずか》ら知《し》らざるを苦《くる》しむ。既《すで》に此《これ》を以《もっ》て得《え》、因《よ》つて以《もっ》て実《じつ》に之《これ》を能《よ》くすと為《な》す。故《ゆえ》に譊譊《どうどう》として今《いま》に至《いた》り、此《これ》に坐《ざ》して罪《つみ》を得《え》、幾《ほとん》ど死《し》せんとす。所謂《いわゆる》、斉虜《せいりょ》口舌《くぜつ》を以《もっ》て官《かん》を得《う》、真《まこと》に笑《わら》うべきなり。

然《しか》れども世人《せじん》遂《つい》に軾《しょく》を以《もっ》て異同《いどう》を立《た》てんと欲《ほっ》すと為《な》すは、則《すなわ》ち過《あやま》てり。利害《りがい》を妄論《ぼうろん》し、得失《とくしつ》を攙説《ざんせつ》する、此《こ》れ正《まさ》に制科人《せいかじん》の習気《しゅうき》なり。之《これ》を候虫《こうちゅう》時鳥《じちょう》自《みずか》ら鳴《な》きて自《みずか》ら已《や》むに譬《たと》う。何《なん》ぞ損益《そんえき》を為《な》すに足《た》らん。軾《しょく》毎《つね》に時人《じじん》の軾《しょく》を待《たい》すること過重《かじゅう》なるを怪《あや》しむ。而《しか》して足下《そっか》も又復《またま》た称説《しょうせつ》すること此《か》くの如《ごと》し。愈々《いよいよ》其《そ》の実《じつ》に非《あら》ず。

解釈　私は少年時代、本を読み文を作りましたが、それは専ら科挙の準備のためだけでした。既に進士に合格してから、更にそれ以上を目指してやまず、また制科にも合格しましたが、実のところは何も得なかったのです。その制科は直言極諫科という名でしたから、いつも古今のことを説き是非を論じて、その名に沿うようにふるまいました。人々は、自分を理解しないことに苦しみます。既に古今是非を論じて挙に応じた私は、確かにこれ以後国政を補佐することができようと認められました。だからこそあれこれ争って今に至り、今回の詩案に座して罪を得、あやうく死ぬところでした。世に言う「斉の虜が口の巧さで官にありついた」というところで、本当に笑うべきことです。

しかし世の人が、私がことさら異を唱えるのに熱心だと考えているのは誤りです。利害得失を分限を越えて論評することは、正に制科を受ける者の習いであって、たとえば季節《とき》になれば虫や鳥が勝手に鳴きだし、また季節が来れば勝手に鳴きやむのと同じで、どうして本当に事態に役に立ったり立たなかったりしましょう（本来無用の言なのです）。私はいつも、今の人たちが、私に期待しすぎるのを不思議に思っておりますが、あなたもまた、私をこのように誉めてくださっております。しかしこれは、実態とはますます離れております。

背景　嘉祐二年、蘇軾は二十二歳のとき、二位で科挙試験に合格し、五年、欧陽脩の推薦で、制科試験（殿試）に参加し、三等で合格した。受験の際に作られた「刑賞忠厚之至論」などの論・策がみな時勢に対する見解であり、批判的思考が多かった。元豊二年、蘇軾は権監察御史裏行の何正・舒亶・国子監博士李宜之・権御史中丞李定らによって国政誹謗の罪で告発され、黄州へ左遷された。蘇軾は「制科人の習気」と弁解しているが、制科の中でも「賢良方正直言極諫科」は直言・極諫の才を求めるのであるから、いきおい内容は時の政治に批判的なものにならざるを得ない。従って、通常は多少の不敬とはされなかったはずなのだが、何度も失脚した蘇軾は不安だったのである。その不安は、次の段の「敢えて文字を作らず」という言葉に繋がる。

(4)

本文　罪《つみ》を得《え》て以来《いらい》、深《ふか》く自《みずか》ら閉塞《へいそく》し、扁舟《へんしゅう》草屨《そうく》、山水《さんすい》の間《かん》に放浪《ほうろう》して樵漁《しょうぎょ》と雑処《ざっしょ》し、往往《おうおう》酔人《すいじん》の推罵《すいば》する所《ところ》と為《な》る。輒《すなわ》ち自《みずか》ら漸《ようや》く人《ひと》の為《ため》に識《し》られざるを喜《よろこ》ぶ。平生《へいぜい》の親友《しんゆう》、一字《いちじ》の及《およ》ばるるもの無《な》し。書《しょ》有《あ》りて之《これ》に与《あた》うるも、亦《ま》た答《こた》えず。自《みずか》ら免《まぬが》るるを庶幾《しょき》するを幸《ねが》う。足下《そっか》又復《またま》た創《はじ》めて相推与《あいすいよ》す。甚《はなは》だ望《のぞ》む所《ところ》に非《あら》ず。木《き》に瘿有《えいあ》り、石《いし》に暈有《うんあ》り、犀《さい》に通有《つうあ》り、以《もっ》て妍《けん》を人《ひと》に取《と》る。皆物《みなもの》の病《へい》なり。謫居事無《たくきょことな》し。黙《もく》して自《みずか》ら観省《かんせい》す。三《さん》十年以来《じゅうねんいらい》の為《な》す所《ところ》を回視《かいし》するに、其《そ》の病《や》める者多《ものおお》し。足下《そっか》の見《み》る所《ところ》、皆故《みなもと》の我《われ》にして、今《いま》の我《われ》に非《あら》ざるなり。乃《すなわ》ち其《そ》の声《こえ》を聞《き》きて、其《そ》の情《じょう》を考《かんが》えず、其《そ》の華《か》を取《と》りて、其《そ》の実《じつ》を遺《のこ》す無《な》からんか。抑抑将《そもそもまさ》に又此《またこれ》に取《と》ること有《あ》らんとす。

此《こ》の事相見《ことあいみ》るに非《あら》ざれば、尽《つ》くす能《あた》わず。罪《つみ》を得《う》るより後《のち》、敢《あ》えて文字《もんじ》を作《つく》らず。此《こ》の書文《しょぶん》に非《あら》ずと雖《いえど》も、然《しか》れども筆《ふで》を信《の》べて意《い》を書《しょ》し、覚《おぼ》えず幅《ふく》を累《るい》す。亦《ま》た須《すべか》らく人《ひと》に示《しめ》すべからず、必《かなら》ず此《こ》の意《い》を喩《さと》れ。

解釈　このたび罪を得て以来、深く自分で閉じこもり、小船にのったり草履を履いたりして、山水の間を放浪し、樵夫や漁夫とともに暮らし、しばしば酔人に罵られております。それで、自分ではようやく人目につかなくなったと喜んでいます。これまでの親友は，一字も書いて寄越さないし、また手紙を出しても返事がありません。自分では世の人の口の端に上らぬことを願っております。あなたは私を誉めていますが、これは全く私の望む所ではありません。木に瘤があり、石に紋があり、犀の角に洞があったりすると人に珍重されますが、これはそもそも病態なのです。謫居して用事もなく、黙って自省してみれば、私がこの三十年来してきたことは（世からは注目されても）

病んだものが多かったのです。あなたが文などで見ているのは皆昔の私であって現在の私ではありません。伝わる名声のみ聞いて真の状態を見抜かずというのは、美しい花を摘むばかりで、実を蔑ろにしていることにならないでしょうか。それでも、さらに私を認めて下さろうとしているのでしょう。

このことはお会いせねば十分に説明できません。罪を得てからというもの、文章は書きたくないのです。この書簡は文ではありません。けれども筆に任せて考えを認《したた》め、知らぬうちに長くなってしまいました。これを人に見せてはなりません。必ず私の意を汲んで下さい。

背景　烏台詩案という文字獄で黄州に流された蘇軾は、極端に自作の伝播を恐れるようになり、或いは大もとの創作自体の抑制という考えにとらわれた。たとえば、本篇と同じ黄州時代に書かれた「劉沔《りゅうべん》都曹に答うるの書」には「軾平生文字言語を以て世に知られ、亦た此れを以て人に疾《ねた》みを取る。得失相補うに、作らざるの安きに如かざるなり」とある。同じ時期の書簡、「与程正輔書」にも「故に遂に一字も作らず、惟れ深く察せよ」とある。後の恵州時代を含めると、詩文を作らないという表明は「答李方叔書」「与孫志望康書」など少なくない。

与㆓謝民師推官㆒書（謝民師《しゃみんし》推官《すいかん》に与《あた》うるの書《しょ》）

本文（1） 軾《しょく》、受性剛簡《じゅせいごうかん》、学迂《がくう》にして才《さい》は下《くだ》り、坐廃《ざはい》すること累年《るいねん》、敢《あ》えて復《ま》た縉紳《しんしん》に歯《よわい》せず。海北《かいほく》より還《かえ》りてより、平生《へいぜい》の親旧《しんきゅう》を見《み》るに、惘然《もうぜん》として隔世《かくせい》の人《ひと》の如《ごと》し。況《いわ》んや左右《さゆう》と一日《いちじつ》の雅《が》無《な》くして、而《しか》して敢《あ》えて交《こう》を求《もと》めんや。数〻《しばしば》臨《のぞ》まるるを賜《たま》い、傾蓋故《けいがいこ》の如《ごと》し。幸甚過望《こうじんかぼう》、敢《あ》えて言《い》わざるなり。

解釈 私は生まれつき性格が剛直で人に阿《おもね》らず、学識も不足し才能も乏しい上に、数年間罪を得て世から退けられておりました。だから再び役人の列に加わるとは願いませんでした。海を渡り戻ってきてから、これまでの旧友と会うと、まるで別世界の人のように茫然自失しております。ましてあなたとは、これまで交流が少しもないのに私と交流を求められるとは。幾度もおいで下さり、一度会えばもう旧知のようでした。嬉しいことこの上ないのは言うまでもありません。

背景 元符三年（一一〇〇）に書かれた書簡。この年は正月に蘇軾を海南島へ追放した哲宗が没し、徽宗が即位した。哲宗は在位期間は十五年あったが、即位したのは十歳のときであったため、歳まだ二十五歳であった。子はなく、父神宗の十一子趙佶《ちょうきつ》が十九歳で即位したのである。最初は皇太后（欽聖皇后向氏）が垂簾の政を執り、七月から親政が開始された。この年は即位にともなう大赦があり、同時に章惇ら元祐の党禍を政府で指揮した者は地位を追われる。蘇軾もこの過程で赦され、海南島を後にして北上した。途上、広州推官の謝氏は、自作を携えて蘇軾に教えを乞う。その後に広東より受け取った手紙に対して書かれたものである。『経進東坡文集事略』所収の当該文の題下注に、「（謝師民）名は挙廉、新淦の人なり。父の樊、叔の岐、弟の世充と、元豊八年間進士の第に登る。特に四謝と号す。後広東帳幹と成る。偶々公の海外より還るに遇い、文を以て相往来し、遂に此の書有り。蓋し庚辰元符三年なり。嘗て毋上天真を作る。是の詩公大いに称賛を加う」とある。文中の「坐廃」は紹聖元年（一〇九四）から元符三年（一一〇〇）の間の貶謫を指す。

(2)

本文　示《しめ》す所《ところ》の書教《しょきょう》及《およ》び詩賦《しふ》雑文《ざつぶん》、之《これ》を観《み》るに熟《じゅく》せり。大略《たいりゃく》行雲流水《こううんりゅうすい》の如《ごと》く、初《はじ》め定質《ていしつ》無《な》し、但《た》だ常《つね》に当《まさ》に行《ゆ》くべき所《ところ》に行《ゆ》き、常《つね》に止《とど》まらざるべからざるに止《とど》まる。文理《ぶんり》自然《しぜん》、姿態横生《したいおうせい》す。孔子《こうし》曰《いわ》く、之《これ》を言《い》いて文《ぶん》ならざれば、之《これ》を行《おこな》わるること遠《とお》からず、と。又曰《またいわ》く、辞《じ》は達《たつ》するのみ、と。夫《そ》れ言《げん》は意《い》を達《たつ》するに止《とど》まれば、則《すなわ》ち文《ぶん》ならざるが若《ごと》きを疑《うたが》う。是《こ》れ大《おお》いに然《しか》らず。物《もの》の妙《みょう》を求《もと》むるは、風《かぜ》を繫《つな》ぎ影《かげ》を捕《と》らうるが如《ごと》し。能《よ》く是《こ》の物《もの》をして心《こころ》に了然《りょうぜん》たらしむる者《もの》は、蓋《けだ》し千万人《せんまんにん》にして一遇《いちぐう》せざるなり。而《しか》るを況《いわ》んや能《よ》く口《くち》と手《て》とに了然《りょうぜん》たらしむる者《もの》をや。是《これ》を之《こ》れ辞達《じたつ》すと謂《い》う。辞《じ》能《よ》く達《たつ》するに至《いた》れば、則《すなわ》ち文用《ぶんもち》いるに勝《た》うべからず。

解釈 私に示された文書や詩賦雑文は、読んでみると成熟したものです。ほぼ行く雲や流れる水のようで、もともとは定まった形がなく、いつも行くべき所へ行き、止まらねばならぬ所で止まるように、文脈も自然であり、姿も自由です。孔子は「言葉に文采がなければ、それは広汎に伝わらない」と言い、「言葉は考えを伝えられさえすればよい」と言いました。そもそも言葉とは考えを伝えることだけでは、それは文采を重んじないと考えられてしまいそうですが、これは大きな誤りです。事の奥の本質をつかまえるのは、風をつかまえ陰を捉えるように難しい。この事物の奥妙を心中に理解できるのは、千万人に一人もおりません。ましてや、それを口（言葉）や手（書）に明らかにする者がどれだけいましょうか。言葉が奥妙なことまで伝えられるようになるということは、文采はすべて使い尽くされているので、いまさら文采として事々しく言うまでもありません。

(3)

本文 揚雄艱深《ようゆうかんしん》の辞《じ》を為《な》し、以《もっ》て浅易《せんえき》の説《せつ》を文《かざ》ることを好《この》む。若《も》し之《これ》を正言《せいげん》せば、則《すなわ》ち人人《ひとびと》之《これ》を知《し》らん。此《こ》れ正《まさ》に所謂《いわゆる》雕 虫《ちようちゆう》篆刻《てんこく》の者《もの》、其《そ》れ太玄《たいげん》・法言《ほうげん》は、皆是《みなこ》の物《もの》なり。而《しか》して独《ひと》り賦《ふ》を悔《くや》むは何《なん》ぞや。終身《しゆうしん》雕 虫《ちようちゆう》して、而《しか》して独《ひと》り其《そ》の音節《おんせつ》を変《へん》ず。便《すなわ》ち之《これ》を経《けい》と謂《い》いて可《か》ならんか。屈原《くつげん》離騒経《りそうけい》を作《つく》る。蓋《けだ》し風雅《ふうが》の再変《さいへん》する者《もの》、日月《じつげつ》と光《ひかり》を争《あらそ》うと雖《いえど》も可《か》なり。其《そ》の賦《ふ》に似《に》たるを以《もっ》て之《これ》を雕虫《ちようちゆう》と謂《い》うべけんや。賈誼《かぎ》をして孔子《こうし》に見《まみ》えしむれば、堂《どう》に升《のぼ》りて余《あま》り有《あ》り。而《しか》して乃《すなわ》ち賦《ふ》を以《もっ》て之《これ》を鄙《ひ》とし、司馬《しば》相 如《しようじよ》と科《か》を同《どう》するに至《いた》る。雄《ゆう》の陋《ろう》、此比《しひ》の如《ごと》き者《もの》、甚《はなは》だ衆《おほ》し。知者《ちしや》と道《い》うべく、俗人《ぞくじん》と言《い》ひ難《がた》きなり。文を論《ろん》ずるに因《よ》り偶ゝ《たまたま》之《これ》に及《およ》ぶのみ。

欧陽文忠公《おうようぶんちゅうこう》言《い》う、文章《ぶんしょう》は積金美玉《せききんびぎょく》の如《ごと》し。市《し》に定価《ていか》有《あ》り。人《ひと》の能《よ》く口舌《くぜつ》を以《もっ》て貴賤《きせん》を定《さだ》むる所《ところ》に非《あら》ざるなり、と。粉粉《ふんぷん》たる多言《たげん》、豈《あ》に能《よ》く左右《さゆう》に益有《えきあ》らん。愧悚《きしょう》して已《や》まず。

解釈　揚雄は難解な文句で浅薄な説を粉飾するのを好みました。もし直截に述べれば、誰でも理解できるようなことに過ぎません。これこそ「雕虫篆刻」のように児戯に等しいものです。彼の『太玄』『法言』といった著述は、みなこの類です。それなのに彼は賦を書いたことを悩んでいるのはどうしたことでしょうか。一生こんな小技を弄して、ただ音律を変えただけで「経」と名づけることが許されましょうか。

屈原は「離騒経」を書きました。それは『詩経』の精神を汲んだ上で変化させたものだから、日月と輝きを競うこともできるくらい価値があります。これが賦という形式に似ているからといって、雕虫の小枝と呼べましょうか。賈誼を孔子に会わせられたら、賈誼は堂に入るのを許されるくらいの学問を持っていました。それなのに揚雄は賈誼が賦を作ったからといって蔑視し、（内容空虚な作品ばかり書いた）司馬相如と同列に扱っています。揚雄のこの類の浅見はとても多いのです。今述べたことは、智者には話せても、凡庸な人には話しても理解できないから話せないことです。だから文を論ずる際に触れてみました。

欧陽公は「文は精巧な金玉と同じで、それを買うには一定の価値があり、人の口によってその貴賤を決められぬ」と言われました。これほどくどくど述べましたが、あなたに益のあるものはなかったでしょう。恐縮恐縮。

(4)

本文 須《もと》むる所《ところ》の恵力《えりき》が法雲堂両《ほううんどうりょう》　字《じ》、軾本ゝ善《しょくもともとよ》く大字《だいじ》を作《な》さず。強《し》いて作《な》さば終《つい》に佳《か》ならざらん。又舟《またしゅう》中《ちゅう》は局《きょく》　迫写《はくしゃ》し難《がた》し。未《いま》だ教《おし》えの如《ごと》くすること能《あた》わず。然《しか》れども軾方《しょくまさ》に臨江《りんこう》を過《す》ぎんとして、当《まさ》に往《ゆ》きて焉《ここ》に遊《あそ》ぶべし。或《ある》いは僧《そう》に欲《ほっ》する所《ところ》の記録有《きろくあ》らん。当《まさ》に為《ため》に数句《すうく》を作《つく》り院中《いんちゅう》に留《とど》め、左《さ》右親《ゆうしん》を念《おも》うの意《い》を慰《なぐさ》めん。今日峡《こんにちきょう》　山寺《ざんじ》に至《いた》り、少ゝ《やや》留《とど》まりて即《すなわ》ち去《さ》らば、愈ゝ《いよいよ》遠《とお》し。惟《た》だ万万時《ばんばんとき》を以《もっ》て自愛《じあい》せよ。不宣《ふせん》。

解釈 ご依頼の恵力寺の「法雲堂」の二字、私はもともと大字は上手くなく、無理に書いても結局、良いものができないし、舟の中は狭くて書きにくく、まだ依頼に添えずにおります。しかし、間もなく臨江を通りますので、寺に遊びに行きます。或いは恵力寺の僧が記録して欲しいものなどあるかもしれず、数句作って院内に蔵すれば、あなたの親への供養の気持ちに副えましょう。今日峡山寺に着きまして、少し休んですぐ出立しましたから、私たちはどんどん離れて行きます。どうかぐれぐれもご自愛下さい。

背景　この書簡中の文論で注意すべき点は四つである。第一は、文と質との関係である。蘇軾は「夫れ言は意を達するに止まれば、即ち文ならざる若きを疑ふ。是れ大いに然らず。」とする。第二に、これと関連して、『論語』の「孔子曰く、辞は達するのみ。」の解釈が行われているが、蘇軾は「辞は達に至らば足れり。以て加ふること有るべからず。」としている。第三に、自然さを重視する論で、平易自然に反した揚雄を批判する。第四に、作家論として揚雄を挙げている。司馬光・曽鞏・王安石らは揚雄を評価しているが、蘇軾のこの揚雄論は、明らかにそれらと対峙するものである。

李氏山房蔵書記（李《り》氏《し》山房《さんぼう》蔵書《ぞうしょ》の記《き》）

(1)

本文　象犀珠玉《ぞうさいしゅぎょく》怪珍《かいちん》の物《もの》、人《ひと》の耳目《じもく》を悦《よろこ》ばしめて用《よう》に適《てき》せざること有《あ》り。金石草木糸麻五穀六材《きんせきそうもくしまごこくろくざい》、用《よう》に適《てき》すること有《あ》り。而《しか》るに之《これ》を用《もち》いれば則《すなわ》ち弊《やぶ》れ、之《これ》を取《と》れば則《すなわ》ち竭《つ》く。人《ひと》の耳目《じもく》を悦《よろこ》ばしめて用《よう》に適《てき》し、之《これ》を用《もち》いて弊《やぶ》れず、之《これ》を取《と》りて竭《つ》きず、賢不肖《けんふしょう》の得《う》る所《ところ》、各ゝ《おのおの》其《そ》の才《さい》に因《よ》り、仁智《じんち》の見《み》る所《ところ》、各ゝ《おのおの》其《そ》の分《ふん》に随《したが》い、才《さい》分《ふん》同《おな》じからずして、而《しか》して求《もと》めて獲《え》ざる無《な》き者《もの》は、惟《た》だ書《しょ》のみなるか。

解釈　象牙や犀の角、宝石珍奇なものなどは、人を喜ばせるが実用的ではない。金属、石、草木、糸麻や五穀六材などは実用的だが使えば傷むし、取ろうにもいずれは尽きてしまう。人を喜ばせ且つ実用的で、使っても傷まず、求めて尽きることなく、賢者も凡人もそれぞれの才能に応じて得るものがあり、仁者智者はその才覚が異なるので、それぞれが得るものに違いはあるが、それでも求めれば何らかの得るものがある、それは書物ではないだろうか。

背景　熙寧九年（一〇七六）、密州（現在の山東省諸城市）での作で、当時書物や作品がどのように伝播していたかを窺い知る上で欠かせないものである。「李氏山房記」ともいう。李氏は李常（一〇二七～一〇九〇）、字は公択。建昌（現在の江西省永修県）の人。弟子の黄庭堅の舅に当たる。蘇軾は、熙寧七年に密州知事に任命され杭州を離れて十一月に着任し、熙寧九年十二月までその職にあった。この密州知事時代に李常の依頼により書かれたものである。文中の「五穀」は五種類の穀物。稲・黍・稷（高粱のこと）・麦・菽。種類については、稲の代わりに麻を取るなど、他説もある。「六材」は、幹・角・筋・膠・糸・漆といった弓を作る材料である。

本文　(2)

孔子《こうし》聖人《せいじん》より、其《そ》の学《がく》必《かなら》ず書《しょ》を観《み》るに始《はじ》まる。是《こ》の時《とき》に当《あ》たりて、惟《た》だ周《しゅう》の柱下史《ちゅうかし》聃《たん》、書《しょ》多《おお》しと為《な》す。韓宣子《かんせんし》魯《ろ》に適《ゆ》き、然《しか》る後《のち》易象《えきしょう》と魯《ろ》の春秋《しゅんじゅう》とを見《み》、季札《きさつ》上国《じょうこく》に聘《へい》して、然《しか》る後《のち》詩《し》の風雅頌《ふうがしょう》を聞《き》くを得《え》たり。而《しか》して楚《そ》独《ひと》り左史《さし》倚相《いしょう》有《あ》り、能《よ》く三墳《さんふん》・五典《ごてん》・八索《はちさく》・九邱《きゅうきゅう》を読《よ》む。士《し》の是《こ》の時《とき》に生《う》まれて、六経《りくけい》を見《み》るを得《う》ること蓋《けだ》し幾《いくばく》も無《な》し。其《そ》の学《がく》難《かた》しと謂《い》うべし。而《しか》して皆《みな》礼楽《れいがく》に習《なら》い道徳《どうとく》に深《ふか》く、後世《こうせい》の君子《くんし》の及《およ》ぶ所《ところ》に非《あら》ず。秦漢《しんかん》より以来《いらい》、作者《さくしゃ》益ゝ《ますます》衆《おお》く、紙《かみ》と字画《じかく》と日ゝ《ひび》簡便《かんべん》に趨《おもむ》き、而《しか》して書《しょ》益ゝ《ますます》多《おお》く、世《よ》に有《あ》らざる莫《な》し。然《しか》れども学者《がくしゃ》益ゝ《ますます》以《もっ》て苟簡《こうかん》なるは何《なん》ぞや。余《よ》猶《な》お老儒先生《ろうじゅせんせい》を見《み》るに及《およ》ぶ。自《みずか》ら其《そ》の少時《しょうじ》を言《い》う。史記《しき》・漢書《かんじょ》を求《もと》めんと欲《ほっ》して、而《しか》るに得《う》べからず。幸《さいわ》いにして之《これ》を得《え》ば、皆《みな》手《て》自《ずか》ら書《しょ》し、日夜《にちや》誦読《しょうどく》し、惟《た》だ及《およ》ばざるを恐《おそ》る。近歳《きんさい》市人《しじん》転《うた》た相《あい》摹刻《もこく》し、諸子《しょし》百家《ひゃっか》の書《しょ》、日《ひ》に万紙《ばんし》を伝《つた》う。学者《がくしゃ》の書《しょ》に於《お》けるや、多《おお》く且《か》つ致《いた》し易《やす》きこと此《か》くの如《ごと》し。其《そ》の文詞《ぶんし》学術《がくじゅつ》当《まさ》に昔人《せきじん》に倍蓰《ばいし》す。而《しか》るに後世《こうせい》の科挙《かきょ》の士《し》、皆《みな》書《しょ》を束《たば》ねて観《み》ず、無根《むこん》を游談《ゆうだん》す。此《こ》れ又《また》何《なん》ぞや。

解釈　孔子の頃から、学ぼうとすれば必ず書物を読まねばならなかった。当時にあっては、周の柱下史であった老聃のみ多くの書を持っていた。韓宣子は魯に来てやっと『易象』や魯の『春秋』を見ることができた。季札は大国に来てようやく『詩経』には風・雅・頌があるのを知った。楚では左史倚相のみが、『三墳』『五典』『八索』『九邱』を読めた。当時の士のなかで六経を見ることができたのは何人もいなかったのであり、その学習は非常に困難であったと言わざるを得ない。しかし彼らの礼楽を学び道徳を求める姿勢は、とても後世の君子が及ぶところではない。

秦漢以後、文を書く人はどんどん増え、道具や文字もどんどん簡単になった。書物はますます増えて、士たちで持たぬ者はなかったほどだ。それにもかかわらず学ぼうとする人の態度がますます等閑になっていったのはどうしてであろうか。私は以前古くからの先生方にお会いしたが、彼らは皆、自分たちが若いときは『史記』『漢書』を探そうにも果たせず、その本に触れる機会を見つけたときは書写し、毎日のように朗読して落ちがないか心配したものだったと言っていた。最近では業者が復刻して、諸子百家の書物でさえ一日に一万頁印刷できるようになったので、学ぼうとする人は簡単に多くの本を手に入れられる。だから彼らの学問は以前の人より遥かに優れていて当然なのに、今の若い科挙受験者たちは本の山を読まずに談論にふけって学問が深まらないのは一体どういうことであろう。

背景　本段は、書物の流伝史を略説する上で、蔵書と読書との関係を語る。「聃」は老聃、即ち老子である。柱下史は、宮殿の柱の下に控えていた役人で、後の御史のような職能を持つ。老子は守蔵史も務めており、これは蔵書の管理官であった。合わせて柱下守蔵史という説もある。韓宣子は晋の大夫韓起（?～紀元前五一四年）である。『春秋左氏伝』昭公二年に、彼が魯に使いした歳に、「書を大史氏に観、『易象』と『魯春秋』を見、曰く、周の礼は尽く魯に在り、と」とある。季札は呉王寿夢の末の公子。上国とは、呉のように周辺にあった国ではなく中原にあった国を、このように称した。事柄は『春秋左氏伝』襄公二十九年に見える。即ち、季札が魯に行った際に、周の音楽を所望した。そこで魯は二南・国風・雅・頌を演奏させると季札が逐一論評したことである。左史は職名である。当時、史官は左右両官があり、左史が行いを、右史が言葉を記録した。『春秋左氏伝』昭公十二年によれば、楚の霊王が左史倚相について、「是れ良史なり。子善く之を視よ。是れ能く『三墳』『五典』『八索』『九邱』を読む」と言った。『三墳』とは伏羲・神農・黄帝の書。『五典』は少昊・顓頊・高辛・堯・舜の書。『八索』は八卦に関する、また『九邱』九州地誌に当たる伝説上の古書の名。いずれも孔安国に仮託された『尚書』序に登場する。

(3)

本文　余《よ》が友李《ともり》公択《こうたく》、少《わか》き時書《ときしょ》を盧《ろ》山五《ざんご》老峰下《ろうほうか》白石菴《はくせきあん》の僧舎《そうしゃ》に読《よ》む。公択既《こうたくすで》に去《さ》る。而《しか》るに山中《さんちゅう》の人之《ひとこれ》を思《おも》いて、其《そ》の居《お》る所《ところ》を指《さ》して李氏山房《りしさんぼう》と為《な》す。蔵書凡《ぞうしょおよ》そ九千余巻《きゅうせんよかん》。公択既《こうたくすで》に以《もっ》て其《そ》の流《なが》れを渉《わた》り、其《そ》の源《みなもと》を探《さぐ》り其《そ》の華実《かじつ》を採剝《さいはく》し、而《しか》して其《そ》の膏味《こうみ》を咀嚼《そしゃく》して以《もっ》て己《おのれ》の有《ゆう》するものと為《な》す。文詞《ぶんし》に発《はっ》し行事《こうじ》に見《あらわ》れ、以《もっ》て名《な》を当世《とうせい》に聞《き》こゆ。
而《しか》るに書《しょ》は固《もと》より自如《じじょ》たり。未《いま》だ嘗《かっ》て少《すこ》しも損《そん》せず。将《まさ》に以《もっ》て来《きた》る者《もの》に遺《おく》り、其《そ》の無窮《むきゅう》の求《きゅう》に供《きょう》して、而《しか》して各〻《おのおの》其《そ》の才分《さいふん》の当《まさ》に得《う》べき所《ところ》を足《た》らしめんとす。是《ここ》を以《もっ》て家《いえ》に蔵《ぞう》せずして、而《しか》して其《そ》の故居《こきょ》する所《ところ》の僧舎《そうしゃ》に蔵《ぞう》す。此《こ》れ仁者《じんしゃ》の心《こころ》なり。

解釈 私の友人李公択は少年時代に、廬山五老峰下の白石菴の僧舎で学んだ。公択が山を去ってからも、山の僧たちは彼のことを懐かしみ、彼の居室を李氏山房と呼んでいた。ここでの蔵書は九千巻以上である。公択はそれらの本を読むことで様々な流派の学問に触れ、その源を究め、その要所を咀嚼して自分のものとした。そしてそれらを自分の文章の上に活かし、行動に活かして現在有名である。

一方これらの書物は、（李公択がここを離れて活躍している今も）損なうことなく元のままにある。公択はこうした書物を今後学問を志す者に供して、他人の際限ない知識欲に応えてやり、それぞれの才能と欲求に従って選んで読んでもらえるようにしようと考えたのだ。そこでこれらの本を家に置くのではなく、彼が過去住んだ僧舎に蔵した。これは仁者の心というものである。

背景　本段は、李氏山房の由来を記述し、李公択の蔵書観を賞賛する。廬山は現在の江西省九江市南にある名山。秦末匡氏兄弟が住んだから匡山ともいう。五老峰はそのうちの一つの峰の名。蘇軾の「李公択と飲を約すも是の日大風なり」という詩に、「先生匡廬山に成長し、山中読書すること三十年」とある。

(4)

本文　余《よ》既《すで》に衰《おとろ》え且《か》つ病《や》み、世《よ》に用《もち》いらるる所無《ところな》し。惟《た》だ数年《すうねん》の間《かん》を得《え》て、尽《ことごと》く其《そ》の未《いま》だ見《み》ざる所《ところ》の書《しょ》を読《よ》み、而《しか》も廬山《ろざん》は固《もと》より遊《あそ》ぶことを願《ねが》いて得《え》ざる所《ところ》の者《もの》なれば、蓋《けだ》し将《まさ》に老《お》いんとして、尽《ことごと》く公択《こうたく》の蔵《ぞう》を発《はっ》して其《そ》の余棄《よき》を拾《ひろ》い以《もっ》て自《みずか》ら補《おぎな》わば、益《えき》すること有《あ》るに庶《ちか》からんか。而《しか》して公択《こうたく》、余《よ》の文《ぶん》を求《もと》めて以《もっ》て記《き》と為《な》す。乃《すなわ》ち一言《いちごん》を為《な》して、来者《らいしゃ》をして昔《むかし》の君子《くんし》書《しょ》を見《み》るの難《かた》くして、而《しか》して今《いま》の学者《がくしゃ》書《しょ》有《あ》りて読《よ》まず、惜《お》しむべしと為《な》すを知《し》らしむるなり。

解釈　私はいまや年老いて病気を抱え、現在の仕事には堪えられない。しかしこの数年の暇を使い、できるだけ今まで読んだことのない本を読むことはできる。廬山はこれまで私が遊覧したいと思いながら果たせなかった所でもあるから、ここで老いていくことにしよう。公択の蔵書を利用して自分の不足を補うなら、これも益があると言えるのではないか。公択は私に記を書くよう求めた。そこでこの文を書き、今後の人に、過去の君子の書物を得ることの困難と、現在の人たちが、書物を持っていてもその意味を本当に読み取っていないのは残念だということを知らしめよう。

背景 本段は、作文の経緯を述べて文章を終わせる。清末の葉昌熾の『蔵書記事詩』に著録された宋代の蔵書家は一一八人があるものの、自らの蔵書を他人にも閲覧させるように僧舎のような読書人が集まるところに寄付した人は李公択のみである。これは蘇軾が前段で賞賛した「仁者の心」であろう。また、本段では豊かな蔵書をよく利用すべきだと当時の読書人を戒めている。

宝絵堂記（宝絵堂《ほうかいどう》の記《き》）

本文　(1)

君子《くんし》以《もっ》て意《い》を物《もの》に寓《ぐう》すべくして、而《しか》も以《もっ》て意《い》を物《もの》に留《とど》むべからず。意《い》を物《もの》に寓《ぐう》せば、微物《びぶつ》と雖《いえど》も以《もっ》て楽《らく》を為《な》すに足《た》り、尤物《ゆうぶつ》と雖《いえど》も以《もっ》て病《へい》を為《な》すに足《た》らず。意《い》を物《もの》に留《とど》むれば、微物《びぶつ》と雖《いえど》も以《もっ》て病《へい》を為《な》すに足《た》り、尤物《ゆうぶつ》と雖《いえど》も以《もっ》て楽《らく》を為《な》すに足《た》らず。

老子《ろうし》曰《いわ》く、五色《ごしき》は人《ひと》の目《め》をして盲《もう》ならしめ、五音《ごおん》は人《ひと》の耳《みみ》をして聾《ろう》ならしめ、五味《ごみ》は人《ひと》の口《くち》をして爽《そう》ならしめ、馳騁田猟《ちへいでんりょう》は人《ひと》の心《こころ》をして発狂《はっきょう》せしむ、と。然《しか》れども聖人未《せいじんいま》だ嘗《かつ》て此《こ》の四者《よんしゃ》を廃《はい》せず、亦《ま》た聊《いささ》か以《もっ》て意《い》を寓《ぐう》するのみ。劉備《りゅうび》の雄才《ゆうさい》や、而《しか》るに結髦《けつぼう》を好《この》む。嵆康《けいこう》の達《たつ》や、而《しか》るに鍛錬《たんれん》を好《この》む。阮孚《げんふ》の放《ほう》や、而《しか》るに蠟屐《ろうげき》を好《この》む。此《こ》れ豈《あ》に声色《せいしょく》 臭《しゅう》 味《み》有《あ》らんや。之《これ》を楽《たの》しみ終身厭《しゅうしんあ》かず。

凡《およ》そ物《もの》の喜《よろこ》ぶべき、以《もっ》て人《ひと》を悦《よろこ》ばしむるに足《た》りて以《もっ》て人《ひと》を移《うつ》すに足《た》らざる者《もの》は、書《しょ》と画《が》とに若《し》くは莫《な》し。然《しか》れども其《そ》の意《い》を留《とど》めて釈《す》てざるに至《いた》りては、則《すなわ》ち其《そ》の禍《わざわ》い言《い》うに勝《た》うべからざる者有《ものあ》り。鍾繇此《しょうようこれ》を以《もっ》て血《ち》を嘔《は》き塚《つか》を発《あば》くに至《いた》り、宋《そう》の孝武《こうぶ》・王僧虔《おうそうけん》は此《これ》を以《もっ》て相忌《あいい》むに至《いた》る。桓元《かんげん》の走舸《そうか》、王涯《おうがい》の複壁《ふくへき》、皆児戯《みなじぎ》を以《もっ》て其《そ》の国《くに》を害《がい》し其《そ》の身《み》を凶《きょう》す。此《こ》れ意《い》を留《とど》むるの禍《わざわ》いなり。

解釈 君子は素晴らしい物を愛でてよいが、それに溺れてはならない。（その魅力に溺れて）物を愛でるという行為では、たとえ小さな物であっても自分を楽しませることができるわけだが、一方美しい物であっても自分を失わせてはならない。物に夢中になれば、たとえそれが小さいものでも人の志を喪わせるし、たとえ美しいものであっても、人を本来の楽しみに導くことはない。

老子は昔「美しい色は人の目を眩《くら》ませ、様々な音は人の耳に聞こえなくし、美味なものは人の味覚を害《そこな》い、狩りは心を狂わせる」と言った。古代の聖人はこの四つを決して捨てはしなかったが、（それに夢中になってのめりこむのではなく）関心を寄せるという程度だった。劉備のような豪傑は飾り物を編むのを好み、嵆康のように道理に通じた人が鉄を鍛えるのを好み、阮孚のように自由奔放な人が、靴を手入れすることを好んでいた。彼らの好んだ物にいわゆる美声美色美味といったものがあろうか。しかし彼らはこうしたことを好んで一生飽きなかったのである。

人を喜ばせることができるものの中で、人を楽しませることはあっても、その心を害することがないのは、書画が一番である。しかしそれでもそれに夢中になりすぎて止められなくなるという状況になれば、やはり人に禍いをもたらす。鍾繇はそのせいで血を吐いて人の墓を発《あば》くまでになったし、宋の孝武帝や王僧虔は、これがもとでお互いに疑い、桓元（玄）は逃げ出すときにも書画を舟に積みこむのを忘れず、王涯は死の床でも書画を壁に塗りこめることを忘れなかった。彼らはこうした下らないもので国を亡くし、身を滅ぼした。これは物に愛着を持ちすぎたことの禍いである。

背景　熙寧十年七月、都の開封で作られた文章である。宝絵堂は王詵（一〇四八〜一一〇四）が自宅の西園の東側に建てた書画を蔵する所である。王詵、字は晋卿、蘇軾と親交があった。「五色」は青・黄・赤・白・黒のこと。古代、正色とされたもので、ここでは美しい色を指す。「五味」は鹹（しおからい）・苦・酸・辛・甘のこと。ここでは美味なものを指す。「五音」は宮・商・角・徴・羽の五つの音調。ここでは美しい音楽のことを指す。『三国志』蜀志・諸葛亮伝注に、「（劉）備性髦を結ぶことを好む。時にたまたま人の髦牛尾を以て備に与うる者有り。備因って手にして之を結ぶ。亮乃ち進みて曰く、明将軍当に遠志有るべし。但だ髦を結ぶのみならんや、と」とある。嵇康は魏・晋の文人で、竹林の七賢の一人である。『晋書』嵇康伝によれば、器用で鍛冶を好み、自宅の柳の回りに水を廻らせ、その下で鍛冶を行っていたという。阮孚《げんふ》は東晋の人。字は遥集。元帝の時、安東将軍の参軍であった。『晋書』阮孚伝によれば、乱れ髪で酒を飲み、役所の仕事は気にとめない、という人柄だったが、屐（下駄）を好んで蠟を塗って手入れしていた。鍾繇、字は元常、魏の書家。蔡邕《さいよう》の筆法を何とか韋誕から得ようと思ううち、胸が黒ずんで吐血した。ようやく一命を取り留め、韋誕の死後、その墓を盗掘させ、それを手に入れた。事は唐の韋続の『墨藪』に見える。宋孝武は南朝宋の劉駿。王僧虔は南斉時代、瑯琊臨沂の人。『南斉書』巻三十三の本伝によれば、王僧虔は若くして隷書が巧みであった。宋の孝武帝は、書で有名で、自分より書に優れた者がいるのを望まなかったので、その在世中は、人々は下手な振りをして、累を避けた。桓元は桓玄で、晋の桓温の子である。戦の際、まず小舟を作らせ、そこに服や書画骨董を積み込み「書画服玩は既に宜しく恒に左右に在るべし」といった。王涯、字は広律、唐の徳宗以降の六人の帝に仕えた人物。『旧唐書』王涯伝によれば、家に数万巻の蔵書があり、皇室のそれ（秘府の蔵書）と並ぶほど多かった。善い書画を保持する人には金や官位爵位を与えて蒐集し、壁中に隠していた。しかし甘露の変の際、壁を破られ、書画は盗まれた。本段は物に愛着を持ちすぎることの禍を列挙して強調している。

(2)

本文 始《はじ》め吾少《われわか》き時《とき》、嘗《かつ》て此《こ》の二者《にしゃ》を好《この》む。家《いえ》の有《ゆう》する所《ところ》、惟《た》だ其《そ》の之《これ》を失《うしな》わんことを恐《おそ》れ、人《ひと》の有《ゆう》する所《ところ》、惟《た》だ其《そ》の吾《われ》に予《あた》えざるを恐《おそ》るるなり。既《すで》にして自《みずか》ら笑《わら》いて曰《いわ》く、吾富貴《われふうき》に薄《うす》くして書《しょ》に厚《あつ》く、死生《しせい》を転《かろ》んじて画《が》を重《おも》んず。豈《あ》に顚倒錯謬《てんとうさくびゅう》其《そ》の本心《ほんしん》を失《うしな》わざらんや、と。是《これ》より復《ま》た好《この》まず。喜《よろこ》ぶべき者《もの》を見《み》れば、時《とき》に復《ま》た之《これ》を蓄《たくわ》うと雖《いえど》も、然《しか》れども人《ひと》に取去《しゅきょ》さるるも、亦《ま》た復《ま》た惜《お》しまざらんや。之《これ》を煙雲《えんうん》の眼《め》を過《す》ぎ、百鳥《ひゃくちょう》の耳《みみ》に感《かん》ずるに譬《たと》う。豈《あ》に欣然《きんぜん》として之《これ》に接《せっ》せざらんや。去《さ》りて復《ま》た念《おも》わざるなり。是《ここ》に於《おい》てか二物《にぶつ》の者常《ものつね》に吾《わ》が楽《らく》を為《な》して、而《しか》れども吾《わ》が病《へい》を為《な》すこと能《あた》わず。

解釈 私は若い頃この二者を甚だ好んだ。家に収蔵したものはなくならないか心配し、人が所有しているものは人が自分にくれないのではないかと気にかけた。のちになって自分で「自分は富貴を軽んじて書を愛し、命を軽んじて画を愛したが、これは本末転倒というものではないか」と笑った。それからは、もう書画に溺れないようにした。自分の気に入った作品を見つけると、時には収蔵することもあるが、しかし人に持っていかれようと惜しまない。美しい霞が目の前を通り過ぎるのを見、数多くの鳥の声が耳に心地よいようなもので、喜んでそれらを受けないわけにはゆかない。しかし見聞きしたことがあれば、もうそれに執着しない。このようにしているので、書画二つとも私にとって楽にこそなれ、害にはならないのである。

背景　本段は、蘇軾の書画の収蔵理念を述べる。

(3)

本文　駙馬都尉《ふばとい》王君晋卿《おうくんしんけい》、戚里《せきり》に在《あ》りと雖《いえど》も、而《しか》れども其《そ》の礼義《れいぎ》を被服《ひふく》し詩書《ししょ》を学問《がくもん》し常《つね》に寒士《かんし》と角《かく》す。平居《へいきょ》し膏粱《こうりょう》を攘去《じょうきょ》し、声色《せいしき》を屏遠《へいおん》して而《しか》して書画《しょが》に従事《じゆうじ》し、宝絵堂《ほうかいどう》を私第《しだい》の東《ひがし》に作《つく》り、以《もっ》て其《そ》の有《ゆう》する所《ところ》を蓄《たくわ》う。而《しか》して文《ぶん》を求《もと》め以《もっ》て記《き》を為《な》す。其《そ》の不幸《ふこう》にして吾《わ》が少時《しょうじ》の好《この》む所《ところ》に類《るい》するを恐《おそ》る。故《ゆえ》に是《これ》を以《もっ》て之《これ》に告《つ》ぐ。庶幾《こいねが》わくは其《そ》の楽《らく》を全《まっと》うして而《しか》も其《そ》の病《へい》に遠《とお》からんことを。

解釈　駙馬都尉王晋卿は皇族であるが、礼儀を自らのものとし、詩書をよく学び、身分の低い人と競っている。普段の生活は美食を避け、音楽も遠ざけ、書画だけを愛している。彼は住居の東に宝絵堂を建て自分の収蔵品を納め、私に記を求めた。私は彼の嗜好が、私の若い時に似ているのを心配し、以上のことを彼に教え、彼がその楽しみを得てもそれに溺れることがないように願う。

背景 熙寧二年（一〇六九）、王詵は英宗の娘の蜀国長公主を娶って駙馬都尉、左衛将軍に封じられた。王詵は画家・書家として著名で、また書画の収蔵に熱心であった。北宋末徽宗の宣和内府収蔵絵画目録『宣和画譜』に、王詵の絵が三十五点著録されており、その小伝に、「詵、博雅該洽《がいこう》にして、奕棊《えきき》（碁を打つこと）・図画に以至《いた》って造妙ざる無し。煙江遠壑・柳渓漁浦・晴嵐絶澗・寒林幽谷・桃渓葦村を写し、皆な詞人墨卿の状し難きの景なり、而して詵の落筆思致は、遂に将に古人の超軼の処に到る。又た真行草隷を書すことに精し、鐘鼎篆籀の用筆の意を得る。其の第に即して乃ち堂を為して宝絵と曰う、古今の法書名画を収蔵し、常に古人の画する所の山水を以て几案屋壁の間に置いて以て勝玩を為す」とある。

眉州遠景楼記（眉州《びしゅう》遠景楼《えんけいろう》の記《き》）

本文　(1)

吾《わ》が州《しゅう》の俗《ぞく》、古《いにしえ》に近《ちか》き者《もの》三《さん》有《あ》り。其《そ》の士大夫《したいふ》は経術《けいじゅつ》を貴《たっと》び而《しか》して氏族《しぞく》を重《おも》んじ、其《そ》の民《たみ》は吏《り》を尊《たっと》び而《しか》して法《ほう》を畏《おそ》れ、其《そ》の農夫《のうふ》は合耦《ごうぐう》して以《もっ》て相助《あいたす》く。蓋《けだ》し三代漢唐《さんだいかんとう》の遺風《いふう》有《あ》りて、而《しか》して他郡《たぐん》の及《およ》ぶ莫《な》き所《ところ》なり。

解釈　私の郷里眉州の風俗には古代に近いものが三つある。其の地の士大夫は経術を学ぶことを重んじ、親族を大切に考える。人々は役人を尊び法律を守り、農民はともに耕して助け合う。これらは三代から漢唐の時代の遺風であり、他所にはないものである。

背景　元豊七年（一〇七八）七月十五日、徐州知事の任にあった蘇軾が故郷眉州（現在の四川省眉山市）の人の要請に応えて、眉州知事黎錞が官舎の北壁に沿って建てた遠景楼のために作った文である。本段はまず他地域と異なる眉州の風俗を述べる。

本文　(2)

始《はじ》め朝廷声律《ちょうていせいりつ》を以《もっ》て士《し》を取《と》る。而《しか》して天聖以前《てんせいいぜん》、学者《がくしゃ》猶《な》お五代《ごだい》の文弊《ぶんぺい》を襲《おそ》う。独《ひと》り吾《わ》が州《しゅう》の士《し》のみ経《けい》に通《つう》じ古《いにしえ》を学《まな》び、西漢《せいかん》の文詞《ぶんし》を以《もっ》て宗師《そうし》と為《な》す。是《こ》の時《とき》に方《あた》り、四方指《しほうさ》して以《もっ》て迂闊《うかつ》と為《な》す。郡県《ぐんけん》の胥吏《しょり》に至《いた》っては、皆経《みなけい》を挟《たばさ》み筆《ふで》を載《の》せ、応対進退観《おうたいしんたいみ》るに足《た》る者有《ものあ》り。而《しか》して大家顕人《たいかけんじん》は門族《もんぞく》を以《もっ》て相上《あいたっと》び、甲乙《こうおつ》を推《すい》次《じ》して皆定品有《みなていひんあ》り。之《これ》を江郷《こうきょう》と謂《い》う。此《こ》の族《ぞく》に非《あら》ざるや、貴《き》且《か》つ富《ふ》なりと雖《いえど》も婚姻《こんいん》を通《つう》ぜず。其《そ》の民《たみ》、太守《たいしゅ》・県令《けんれい》に事《つか》うるに、古《いにしえ》の君臣《くんしん》の如《ごと》し。既《すで》に去《さ》れば輒《すなわ》ち像《ぞう》を画《えが》きて之《これ》に事《つか》う。而《しか》して其《そ》の賢者《けんじゃ》は則《すなわ》ち其《そ》の行事《こうじ》を記《き》録《ろく》して以《もっ》て口実《こうじつ》と為《な》し、四五十 年《しごじゅうねん》に至《いた》るも忘《わす》れず。商賈《しょうこ》・小民常《しょうみんつね》に善物《ぜんぶつ》を儲《たくわ》えて而《しか》して之《これ》を別異《べつい》し、以《もっ》て官吏《かんり》の求《もと》めを待《ま》つ。家《いえ》に律令《りつりょう》を蔵《ぞう》して往往通念《おうおうつうねん》して、而《しか》して以《もっ》て非《ひ》と為《な》さず。薄刑小 罪《はくけいしょうざい》と雖《いえど》も終 身敢《しゅうしんあ》えて犯《おか》さざる者有《ものあ》り。

歳《とし》の二月農事《にがつのうじ》始《はじ》めて作《おこ》り、四月初吉《しがつしょきち》、穀稚《こくわか》くして草壮《くさそう》なり。耘《くさぎ》る者《もの》は畢《ことごと》く出《い》でて数十 百 人曹《すうじゅうひゃくにんそう》を為《な》し、表《ひょう》を立《た》て漏《ろう》を下《くだ》し、鼓《つづみ》を鳴《な》らして以《もっ》て衆《しゅう》を致《いた》し、其《そ》の徒衆《としゅう》の畏信《いしん》する所《ところ》と為《な》る者二人《ものににん》を択《えら》び、一人《いちにん》は鼓《つづみ》を掌《つかさど》り一人《いちにん》は漏《ろう》を掌《つかさど》る。進退作止《しんたいさくし》、惟《た》だ二人《ににん》に之《こ》れ聴《き》く。之《これ》を鼓《こ》して至《いた》らず、至《いた》りて力《つと》めずんば、皆罰有《みなばつあ》り。田《た》を量《はか》り功《こう》を計《はか》り、事《こと》を終《を》えて而《しか》して之《これ》に会《かい》す。田多《たおお》くして丁少《ていすく》なければ、則《すなわ》ち銭《ぜに》を出《い》だして以《もっ》て衆《しゅう》に償《つぐな》う。七月既望《しちがつきぼう》、穀《こく》艾《か》りて草衰《くさおとろ》うれば、則《すなわ》ち鼓《つづみ》を仆《たお》し漏《ろう》を決《けつ》し罰金《ばっきん》と償衆《しょうしゅう》の銭《ぜに》とを取《と》り、羊豕酒醴《ようししゅれい》を買《か》い以《もっ》て田祖《でんそ》を祀《まつ》り楽《がく》を作《な》し、飲食 酔飽《いんしょくすいほう》して去《さ》る。歳《とし》以《もっ》て為《な》す。其《そ》の風俗蓋《ふうぞくけだ》し此《か》くの如《ごと》し。

解釈　はじめ朝廷は詩賦の試験で進士を選抜した。それで天聖以前は勉学する者は五代以来の実は伴わない文章作法を学んでいたが、眉州の士だけは経書に通じ古文を学び、西漢時代の文を手本とした。当時、他所の士たちは眉州のやり方を的外れだと看做《みな》していた。郡や県の小役人たちでさえも、経書を持ち筆墨を身につけ、彼らの書く公文書にはみな古文の風格があった。名声ある家の人々は文章で家柄が云々され、優劣が付けられ批評された。この地ではこれを「江郷」と称した。こうした家柄の人でなければ、たとえ地位が高く豊かであっても、人は結婚しようとしなかった。

人々が太守・県令に対するのは、古代の君臣関係とそっくりであった。役人が離任した後も、その役人の画像を描いて敬った。中でも賢い人については記録して伝え、四、五十年も忘れられない場合もあった。商人や一般の人々はいつも良い物を取っておいて、役人の求めに応じた。各家には国の律令が置いてあり、いつもそれを読んでは違背することがないようにし、小さな過ちすら人々は一生犯そうとしなかった。

毎年二月農事が始まる。四月一日、穀物がまだ育たず草が蔓延《はびこ》る時期に、草刈りをする人はみな畑に出た。数十から百人を組にして目盛りを付けて水時計を配し、太鼓によって群集を指揮した。中でも信頼されている二人を選び、一人が太鼓を鳴らして指図し、もう一人が水時計で時計を測る。休憩や作業の開始、終了はみな二人の指示に拠った。太鼓の音がしてもまだ来ない者、あるいは来ても作業が不熱心な者は罰を受ける。各人が耕した耕地の面積で作業量を計り、作業終了時にまとめて計算した。耕地が多いにもかかわらず男手の少ない家は金を出して皆に償った。七月半ば穀物が育ち雑草が枯れてくる時期に、太鼓をやめて時計から水を抜き、罰金と作業補償のお金で豚羊酒を買ってきて田の神を祭り、其の後皆で酒盛りで楽しみ、酒食を十分にしてから家に戻る。毎年同じようにした。この地の風俗とはこのようなものであった。

背景　本段は、前段で挙げた三つの眉州独特の風俗を詳しく述べる。まず、文章学術は後漢を学び、経学を尊重することで氏族（親族）を重んじており、五代の文学の弊害を避けている。次に、庶民は法律を厳守して役人を尊敬している。最後に、農民は助け合って農作業に従事する。ここから、蘇軾の愛郷心が窺われる。天聖は北宋期の第四代の皇帝仁宗の年号で、一〇二三年から一〇三二年までである。仁宗の時代、天聖・明道・景祐・宝元・康定の五つの年号を用いた。「天聖以前」ということは、太祖・太宗・真宗の時期（九六〇～一〇二二）を指す。仁宗の時代、范仲淹・欧陽脩らが修辞や美言などを追求した駢儷文を批判する古文復興運動を推進したことで、文学の風潮が変わった。五代は唐宋の間の後梁・後唐・後晋・後漢・後周の五つの王朝で、この時期の文章は言葉の工夫のみを重んじ軽薄とされる。「門族」は門閥のこと。家柄の良い高門と、家柄のあまり良くない寒門の間では本来、通婚は避けるのに、眉州では家柄より文力が重視されたことを述べている。

(3)

本文　故《ゆえ》に其《そ》の民《たみ》、皆聡明才智《みなそうめいさいち》、本《もと》を務《つと》めて力作《りきさく》し、治《おさ》め易《やす》くして服《ふく》し難《がた》し。守令始《しゅれいはじ》めて至《いた》れば、其《そ》の言《げん》語動作《ごどうさ》を視《み》、輒《すなわ》ち其《そ》の人《ひと》と為《な》りを了《りょう》す。其《そ》の明且《めいか》つ能《のう》なる者《もの》、復《ま》た事《こと》を以《もっ》て試《こころ》みず。終日寂然《しゅうじつせきぜん》として、苟《いやしく》も其《そ》の道《みち》を以《もっ》てせざれば、則《すなわ》ち義《ぎ》を陳《の》べ法《ほう》を秉《と》り、以《もっ》て之《これ》を譏切《きせつ》す。故《ゆえ》に智者《ちしゃ》以《もっ》て治《おさ》め難《がた》しと為《な》す。今《いま》の太守黎侯希声《たいしゅれいこうきせい》は、軾《しょく》が先君子《せんくんし》の友人《ゆうじん》なり。簡《かん》にして文《ぶん》、剛《ごう》にして仁《じん》、明《めい》にして苛《か》ならず。衆《しゅう》以《もっ》て事《つか》え易《やす》しと為《な》す。既《すで》に満《み》ちて将《まさ》に代《か》わらんとす。其《そ》の去《さ》るに忍《しの》びず、相率《あいひき》いて之《これ》を留《とど》む。上其《かみそ》の請《こ》いを奪《うば》わず。既《すで》に留《とど》まること三年《さんねん》、民益ゝ信《たみますますしん》じ、遂《つい》に以《もっ》て事無《ことな》し。守居《しゅきょ》の北墉《ほくよう》に因《よ》って而《しか》して之《これ》を増築《ぞうちく》し、遠景楼《えんけいろう》を作《つく》り、日ゝ賓《ひびひん》客僚吏《かくりょうり》と其《そ》の上《うえ》に遊処《ゆうしょ》す。軾《しょく》方《まさ》に徐州《じょしゅう》を為《おさ》む。吾《わ》が州《しゅう》の人《ひと》、書《しょ》を以《もっ》て相往来《あいおうらい》し、未《いま》だ嘗《かつ》て黎侯《れいこう》の善《ぜん》を道《い》わずんばあらず。而《しか》して文《ぶん》を求《もと》めて以《もっ》て記《き》を為《な》す。

解釈　だから当地の民はみな賢く才智あふれ、本分を守って一生懸命働くので、管理しやすいが無理に服させることは難しい。州県の長が着任したばかりの頃、人々はしばしばその行為言動を観察し、様々な方向から長を理解しようとする。聡明で才覚ある人に対してはそれ以上試すようなことはせず、人々は毎日無事に暮らす。もしも長が王道を以て治めなければ、人々は理屈を申し入れ法を持ち出して、長を誹《そし》る。だから当地の風俗を理解しない人は、ここの民は治めにくいと考えるのである。

今の知州黎希声は、私蘇軾の父の友人である。彼は些事に拘らずに上品で、剛直でありながら仁心を持ち、情勢に通じているが苛酷ではないので、人々は彼が一緒なら暮らし易いと感じていた。任期が満了して交代する時期になったが、人々は彼に去ってほしくなく、争って慰留した。皇帝陛下も人々の請願を嘉納された。彼は眉州に三年留まり、民はこれまで以上に彼を信頼したので、官民ともに無事であった。黎侯は官舎の北壁に沿って遠景楼を増築し、毎日賓客や役所の者と楼上で遊んだ。私は当時、徐州の任にあったが、故郷眉州の人と手紙のやりとりがあると、黎侯の善行に触れないものはなく、また私にこの楼の記を作るよう求めた。

背景　黎錞（一〇一五～一〇九三）、字は希声、現在の四川省広安県の人である。蘇軾の父蘇洵と親交があった。蘇軾『東坡志林』巻一・黎檬子の条に、「吾が故人黎錞は、字は希声。『春秋』を治めて家法有り、欧陽文忠公之を喜ぶ。然るに人を為して質木にして遅緩たり、劉貢父之を戯れて黎檬子と為し、以謂らく其の徳を指す（中略）、劉は固に世に泯まざる者なり、黎は亦た文を能くして道を守り、苟随の者にならず」とある。

(4)

本文　嗟夫《ああ》、軾《しょく》の郷《きょう》を去《さ》ること久《ひさ》し。所謂遠景楼《いわゆるえんけいろう》なる者《もの》は、其《そ》の処《ところ》を想見《そうけん》すと雖《いえど》も、而《しか》れども其《そ》の詳《しょう》を道《い》うこと能《あた》わず。然《しか》れども州人《しゅうじん》の斯《こ》の楼《ろう》の成《な》るを楽《たの》しみ而《しか》して焉《これ》を記《き》せんと欲《ほっ》する所以《ゆえん》の者《もの》は、豈《あ》に上《かみ》に事《つか》え易《やす》きの長有《ちょうあ》りて、而《しか》して下《しも》に治《おさ》め易《やす》きの俗有《ぞくあ》るに非《あら》ざらんや。孔子《こうし》曰《いわ》く、吾猶《われな》お史《し》の闕文《けつぶん》に及《およ》ぶごときなり。馬《うま》有《あ》る者《もの》は、人《ひと》に借《か》して之《これ》に乗《の》らしむ。今《いま》は亡《な》し、と。夫《そ》れ是《こ》の二者《にしゃ》、道《みち》に於《お》いて未《いま》だ大損益有《だいそんえきあ》らず。然《しか》れども且《まさ》に之《これ》を録《ろく》せんとす。今吾《いまわ》が州古《しゅういにしえ》に近《ちか》きの俗《ぞく》、独《ひと》り能《よ》く累世《るいせい》にして遷《うつ》らず。蓋《けだ》し耆老昔人豈弟《きろうせきじんがいてい》の択《たく》にして、而《しか》も賢守令《けんしゅれい》の撫循《ぶじゅん》教誨《きょうかい》して倦《う》まざるの力《ちから》なり。録《ろく》せざるべきか。若《も》し夫《そ》れ登臨覧観《とうりんらんかん》の楽《らく》、山川風物《さんせんふうぶつ》の美《び》、軾将《しょくまさ》に故邱《こきゅう》に帰老《きろう》せんとし、布衣幅巾《ほいふくきん》、邦君《ほうくん》に其《そ》の上《うえ》に従《したが》う。酒酣《さけたけなわ》に楽作《がくおこ》り、筆《ふで》を援《たす》けて之《これ》を賦《ふ》し、以《もっ》て黎侯《れいこう》の遺愛《いあい》を頌《しょう》するも、尚《な》お未《いま》だ晩《おそ》からざるなり。

解釈　ああ、私蘇軾は故郷を離れて久しい。彼らの言う遠景楼は大まかに想像はできるが詳しく語ることはできない。しかし郷里の人々が喜んで楼を作り、私に記を書かせようとした理由は、上に共に働き易い長官がいて、下に治め易い民がいるというためではないだろうか。孔子は「私は史書に欠けている所も読み取れる。馬を持っている人は、自分で訓練できなくても、先ず人に貸して乗らせる。こうした気持ちが今日では失われているのだ」と言った。史書の欠けている所と馬に人を先に乗らせるということは、どちらも道という点ではことさらに言うほどのものではないのに、孔子はそれを記録した。今眉州の人が古の俗に近く、それを長く保ち続けているのは、先輩長者が互いに親しんだ手本があり、賢明な役所の長たちが倦まずに教えてきた結果で、このことを記録しないでおられようか。高いところへ登り展望を得る楽しみ、山川の美があるから、私蘇軾もいずれ故郷に隠退した後は、粗末な服を着て頭巾をかぶり、長官に従ってこの楼に登り、酒を十分飲んで音曲にのせ、筆を取って賦を作り、黎侯の遺風を称える、それでも遅くはないのではないのだろうか。

超然台記（超然台《ちょうぜんだい》の記《き》）

本文(1)

凡《およ》そ物皆《ものみな》観《み》るべきもの有《あ》り。苟《いやしく》も観《み》るべきもの有《あ》れば、皆楽《みなたの》しむべきもの有《あ》り。必《かなら》ずしも怪奇偉麗《かいきいれい》なる者《もの》に非《あら》ざるなり。糟《かす》を餔《ほ》し漓《り》を啜《すす》るも、皆以《みなもっ》て酔《よ》うべし。果蔬《かそ》草木《そうもく》、皆以《みなもっ》て飽《あ》くべし。此《こ》の類《るい》を推《お》すや、吾安《われいず》くに往《ゆ》きて楽《たの》しまざらん。夫《そ》れ福《ふく》を求《もと》めて禍《わざわ》いを辞《じ》するを為《な》す所《ところ》の者《もの》は、福喜《ふくよろこ》ぶべく禍《わざわ》い悲《かな》しむべきを以《もっ》てなり。人《ひと》の欲《ほっ》する所《ところ》、窮《きわ》まり無《な》し。而《しか》して物《もの》の以《もっ》て吾《わ》が欲《よく》に足《た》るべき者尽《ものつ》くる有《あ》り。美悪《びあく》の弁《べん》、中《うち》に戦《たたか》いて而《しか》して去取《きょしゅ》の択前《たくまえ》に交《まじ》われば、則《すなわ》ち楽《たの》しむべき者常《ものつね》に少《すく》なくして、而《しか》して悲《かな》しむべき者常《ものつね》に多《おお》し。是《これ》を禍《わざわ》いを求《もと》めて福《ふく》を辞《じ》すと謂《い》う。

夫《そ》れ禍《わざわ》いを求《もと》めて福《ふく》を辞《じ》するは、豈《あ》に人《ひと》の情《じょう》ならんや。物《もの》に以《もっ》て之《これ》を蓋《おお》うこと有《あ》り。彼《か》の物《もの》の内《うち》に游《あそ》びて而《しか》して物《もの》の外《そと》に游《あそ》ばざるは、物《もの》に大小有《だいしょうあ》るに非《あら》ざるなり。其《そ》の内《うち》よりして之《これ》を観《み》れば、未《いま》だ高《たか》く且《か》つ大《だい》ならざる者有《ものあ》らざるなり。彼其《かれそ》の高大《こうだい》を挟《たばさ》みて以《もっ》て我《われ》に臨《のぞ》む。則《すなわ》ち我常《われつね》に眩乱反覆《げんらんはんぷく》して、隙中《げきちゅう》の闘《とう》を観《み》るが如《ごと》し。又烏《またいず》くんぞ勝負《しょうぶ》の在《あ》る所《ところ》を知《し》らん。是《ここ》を以《もっ》て美悪横生《びあくおうせい》して而《しか》して憂楽《ゆうらく》出《い》ず。大《おお》いに哀《かな》しまざるべきか。

解釈

あらゆる物には見るべきものがある。見るべきものがありさえすれば、人はそれを楽しめる。それは必ずしも珍奇なものや華麗なものというわけではない。酒粕を食べ薄い酒を飲んでも人を酔わせることができるし、瓜や野菜野草でも人を満腹させることができる。このことから考えると、私はどこへ行こうと楽しまないことはないだろう。人々の行うすべてのことは、皆幸を求め禍いを避けるためのものである。なぜなら幸は人を楽しくさせ、禍いは人を悲しませるからである。人の欲望は限りないし、この世の物で欲望を満足させることができるものには限りがある。心ではどれが良く、どれが悪いと判断し、目前であれかこれかを選ぶ。そうしたところで人を楽しませるものは、いつでも少なく、逆に人を悲しませる者はいつも多い。これでは禍いを求めて幸を逃すことになっているのではないか。

禍いを願い幸を逃がすというのは、人間の本性ではあるまい。それはすべての物が、人心を迷わせてしまうからである。物の中で選ぼうとすれば、物欲から逃れない。物には大小高下の別はなく、物という枠の中で考えると、高く大でないものはないのである。これら高大な物が私を引きつける。そこで人々は目移りして、何が本当に価値ある者なのかに気づかない。これは戸口の隙間から戦を見ているようなもので、そんな見方でどうして勝敗が分かろうか。だから美しいものと醜いものを一つにして人の憂いと喜びが引き出される。このことを大いに悲しまないでおられようか。

背景 熙寧八年（一〇七五）の作。蘇軾は新法派との抗争によって、熙寧四年、中央の職を離れ開封府通判、杭州府通判となり、前年密州（現在の山東省諸城市）太守となった。この地で蘇軾が城壁の上にある古い展望台を修繕し、弟蘇轍が「超然台の賦」を作ってこの展望台を超然台と名付けた。「超然」という言葉は『老子』の「栄観有りてと雖も、燕処超然たり」に拠っている。本段は超然すなわち物事に拘らず、常に楽観的な態度を取ることの道理を述べる。

本文 (2)

予《よ》、銭塘《せんとう》より膠西《こうせい》に移守《いしゅ》し、舟楫《しゅうしゅう》の安《あん》を釈《す》てて而《しか》して車馬《しゃば》の労《ろう》を服《ふく》し、雕牆《ちょうしょう》の美《び》を去《さ》りて而《しか》して采《さい》椽《てん》の居《きょ》を庇《おお》う。湖山《こざん》の観《かん》に背《そむ》きて而《しか》して桑麻《そうま》の野《や》に行《ゆ》く。始《はじ》めて至《いた》るの日《ひ》、歳比《さいしき》りに登《のぼ》らず。盗賊野《とうぞくや》に満《み》つ。獄訟《ごくしょう》充斥《じゅうせき》して而《しか》して斎厨《さいちゅう》索然《さくぜん》たり。日《ひ》ゞ《び》杞菊《こきく》を食《く》らう。人《ひと》固《もと》より予《よ》の楽《たの》しまざるを疑《うたが》うなり。之《これ》に処《お》ること期年《きねん》にして、而《しか》して貌《ぼう》豊《ほう》を加《くわ》う。髪《かみ》の白《しろ》き者《もの》日《ひ》に以《もっ》て黒《くろ》に反《かえ》る。予《よ》、既《すで》に其《そ》の風俗《ふうぞく》の淳《じゅん》なるを楽《たの》しみ、而《しか》して其《そ》の吏民《りみん》も亦《ま》た予《よ》の拙《せつ》に安《やす》んずるなり。

是《ここ》に於《お》いて其《そ》の園圃《えんゆう》を治《おさ》め、其《そ》の庭宇《ていう》を潔《きよ》くし、安邱《あんきゅう》・高密《こうみつ》の木《き》を伐《う》ち、以《もっ》て破敗《はばい》を脩補《しゅうほ》し、苟完《こうかん》の計《けい》を為《な》す。而《しか》して園《えん》の北《きた》、城《しろ》に因《よ》つて以《もっ》て台《だい》を為《つく》る者《もの》は旧《ふる》し。稍《ようや》く葺《ふ》きて之《これ》を新《あら》たにす。時《とき》に相与《あいとも》に登覧《とうらん》し意《い》を放《はな》ち志《こころざし》を肆《ほしいまま》にす。南《みなみ》のかた馬耳《ばじ》・常山《じやうざん》を望《のぞ》めば、出没隠見《しゅつぼついんけん》し、近《ちか》きが若《ごと》く遠《とお》きが若《ごと》し。庶幾《こいねが》わくは隠君子《いんくんし》有《あ》らんか。而《しか》して其《そ》の東《ひがし》は則《すなわ》ち盧山《ろざん》にして、秦人《しんひと》盧敖《ろごう》の従《よ》りて遁《のが》るる所《ところ》なり。西《にし》のかた穆陵《ぼくりょう》を望《のぞ》めば、隠然《いんぜん》として城郭《じょうかく》の如《ごと》く、師尚父《ししょうほ》、斉《せい》の桓公《かんこう》の遺烈《いれつ》、猶《な》お存《そん》する者有《ものあ》り。北《きた》のかた濰水《いすい》に俯《ふ》せば、慨然《がいぜん》として太息《たいそく》し、淮陰《わいいん》の功《こう》を思《おも》いて而《しか》して其《そ》の終《お》えざるを弔《ちょう》す。台《だい》は高《たか》くして安《やす》く、深《ふか》くして明《あき》らかに、夏《なつ》は涼《すず》しくして冬《ふゆ》は温《あたた》かに、雨《う》雪《せつ》の朝《あさ》、風月《ふうげつ》の夕《ゆう》べ、予《よ》未《いま》だ嘗《かつ》て在《あ》らずんばあらず。客未《かくいま》だ嘗《かつ》て従《したが》わずんばあらず。園蔬《えんそ》を擷《と》り池魚《ちぎょ》を取《と》り秫《じゅつ》酒《しゅ》を醸《かも》し脱粟《だつぞく》を瀹《やく》して、而《しか》して之《これ》を食《く》らいて曰《いわ》く、楽《たの》しきかな遊《あそ》びや、と。

是《こ》の時《とき》に方《あた》り、予《よ》の弟《おとうと》子由《しゆう》適〻《たまたま》済南《せいなん》に在《あ》り。聞《き》きて之《これ》を賦《ふ》し、且《か》つ其《そ》の台《だい》を名《な》づけて超然《ちょうぜん》と曰《い》う。以《もっ》て予《よ》の往《ゆ》く所《ところ》にして楽《たの》しまざる者無《ものな》きを見《しめ》すは、蓋《けだ》し物《もの》の外《そと》に游《あそ》べばなり。

解釈

私が杭州から密州に転任したとき、水路の舟の快適さを取らず、車や馬に揺られる苦労を忍び、壁に彫刻があり梁に画が書いてあるような美しい建物を離れて粗末な部屋に住んだ。湖や山といった美しい景色から眼をそむけ、ひたすら桑や麻の並ぶ野を通った。密州に着いたばかりのころは、不作で収穫が少なく盗賊が野に満ち訴訟が多かった。賄《まかな》いにはろくな料理も無く、毎日枸杞や菊といった野菜を食べられるだけだった。人々はみな、私が楽しくないにちがいないと思っていた。ここで一年過ぎる頃には私の顔はふくよかになり、白い髪が日に日に黒くなっていった。私はこの地の風俗が純朴であるのが気に入り、官吏や住民が私の拙い政治を信頼してくれている。

そこで役所の畑に手を入れて部屋や庭を掃除して、安邱や高密産の木を切って壊れたところを直し、とりあえずの補修とした。そして畑の北には、壁に沿って作られた台があったが、それは古くなっていた。そこで改修して新しくした。私は時に客人とともに台に登って遊覧し、ここで緊張を解いて感情を自由にした。南方には馬耳・常山が、近くも遠くあるようで隠れがくれに見えるが、そこには隠遁の士がいるのではあるまいか。東は廬山であって、ここは秦の盧敖が隠遁した地である。西には穆陵が望め、ぼんやり見えて一連の保塁のようであり、これらには姜の太公、斉の桓公の遺跡がなお残っているところもある。北方に濰水を見下ろし、慨嘆してかつての淮陰侯(韓信)の功績を思い、彼が良い最期を迎えられなかったのを悼む。台は高く安定しており、深く明るく、夏は涼しく冬は暖かい。雨や雪の時や、風が清清しく月が明るい夜は、私は台に登らなかったことはないし、客人も私に付いてこなかったことがない。畑の野菜を取り、池の魚を取り、高粱の酒を作り、粟を炊いて食べ、「こうした遊びは楽しいなあ」と言っている。

この時、私の弟蘇轍がちょうど済南の任にあって、この台を作ったのを聞くと賦を作り、この台を超然台と名づけてくれた。これにより私がどこへ行っても楽しめるということを示している。これは私が物に囚われずにいられるからなのである。

背景　本段は超然台を修復する経緯を述べる。銭塘は杭州の別称で、江南の一中心である。両浙路及び臨安府の役所があった。蘇軾は熙寧四年(一〇七一)から三年間杭州通判(副知事)の職にあった。膠西は密州の別称である。廬山は諸城南にある山で、もと故山と称す。馬耳と常山はいずれも山東諸城南方の山である。安邱と高密はいずれも密州の管轄地で、現在の山東省濰坊市南と膠州市西北の地域である。盧敖は戦国燕の人である。秦の始皇帝に召され博士となるが、仙人を求めるべく海に入れと命ぜられ、失敗したので恐れて故山に隠れた。師尚父は姜太公呂尚で、周の武王に仕え斉に封ぜられた。斉桓公は春秋の五覇の一人である。斉は魯の西にあった大国で、故《もと》の魯の地である密州から西望すると斉の方向になる。そこで斉の名君たちに思いを致しのである。「淮陰」は淮陰侯韓信を指す。

表忠観碑（表忠観《ひょうちゅうかん》の碑《ひ》）

本文　熙寧《きねい》十年《じゅうねん》十月《じゅうがつ》戊子《ぼし》、資政殿大学士《しせいでんだいがくし》右諫議大夫《ゆうかんぎたいふ》知《ち》杭州軍州事《こうしゅうぐんしゅうじ》臣抃《しんべん》言《もう》す。(1)
故《もと》の呉越国王銭氏《ごえつこくおうせんし》の墳廟《ふんびょう》、及《およ》び其《そ》の父祖《ふそ》、妃夫人《ひふじん》、子孫《しそん》の墳《はか》、銭塘《せんとう》に在《あ》る者一十有六《ものいちじゅうゆうろく》、臨安《りんあん》に在《あ》る者十有一《ものじゅうゆういち》、皆《みな》蕪《ぶ》廃《はい》して治《おさ》まらず。父老之《ふろうこれ》を過《す》ぎ、涕《なみだ》を流《なが》す者有《ものあ》り。

解釈　熙寧十年十月戊子、資政殿大学士・右諫議大夫・知杭州軍州事臣抃が言上いたします。
もとの呉越国王銭氏の墳墓や廟、およびその祖先、妃や夫人、子孫たちの墳墓の銭塘に在るものは十六、また臨安に在るものは十一、それらはいずれも荒れはてて修理が行き届かず、故老たちはそこを通りかかっては涙を流しています。

背景　蘇軾が五代十国の一である呉越国の銭氏を表彰するために造営された表忠観を紀念して作った碑文である。表忠観の造営については、本文中にも説明されているとおり、宋の神宗の熙寧十年（一〇七七）、当時杭州（現在の浙江省杭州市）の長官をつとめていた趙抃が、荒廃していた呉越国銭氏の墳廟の修復を朝廷に請願し、それが許可されて、杭州竜山の南にあった廃寺を改めて道教の道観としたものである。「表忠」は、呉越国王銭氏の宋朝に対する忠義心を表彰するということを意味する。碑文は、初めに趙抃の上疏という形で書き起こされているが、これは趙抃の依頼を受けて、蘇軾が代わって書いたものである。趙抃（一〇〇八～一〇八四）、字は閲道、衢州西安の人。神宗が即位すると宰相格の参知政事となるが、王安石と合わず罷免された。

そしてこの碑文が作られたのは、本文冒頭の「熙寧十年戊子十月」がまず考えられる。また宋の傅藻の『東坡紀年録』もやはり「熙寧十年丁巳十月先生四十二歳」の項に「十月表忠観を作る」とする。ところがこの碑文を収録する清の王昶の『金石萃編』巻一三七では、碑文の冒頭には「朝奉郎尚書祠部員外郎直史館権知徐州軍州事騎都尉蘇軾撰並書」とあり、末尾には「元豊元年（一〇七八）八月甲寅（十三日）」とある。つまりは熙寧十年の翌年に当たる元豊元年、蘇軾が徐州の長官を務めていた時の作ということである。恐らくは、銘文をも含めた「表忠観碑」の最終的な形がまとまったのが元豊元年八月のことだったのだろう。因みに、『金石萃編』には、碑石の詳細が記録されていて、「碑は共に四石、両面に刻す。各々高さ八尺五寸八分、広さ四尺。皆七行。其の一面は五行。行皆十八字。正書。銭塘の表忠観に在り」とある。しかしこれは本来の碑石ではなく、模刻されたもののようである。

なお、本書では、文末の銘文を省いた。

(2)

本文

謹《つつし》んで按《あん》ずるに故《もと》の武《ぶ》粛《しゅく》王鏐《おうりゅう》、始《はじ》め郷兵《きょうへい》を以《もっ》て黄巣《こうそう》を破《やぶ》り走《はし》らし、名《な》江淮《こうわい》に聞《き》こゆ。復《ま》た八都《はちと》の兵《へい》を以《もっ》て、劉漢宏《りゅうかんこう》を討《う》ち、越州《えつしゅう》を并《あわ》せ、以《もっ》て董昌《とうしょう》を奉《ほう》じて、自《みずか》ら杭《こう》に居《お》る。昌《しょう》の越《えつ》を以《もっ》て叛《そむ》くに及《およ》び、則《すなわ》ち昌《しょう》を誅《ちゅう》して越《えつ》を并《あわ》せ、尽《ことごと》く浙《せつ》の東西《とうざい》の地《ち》を有《ゆう》し、其《そ》の子《こ》文穆王元瓘《ぶんぼくおうげんかん》に伝《つた》う。其《そ》の孫《まご》忠顕王仁佐《ちゅうけんおうじんさ》に至《いた》りて、遂《つい》に李景《りけい》の兵《へい》を破《やぶ》り、福州《ふくしゅう》を取《と》る。而《しか》して仁佐《じんさ》の弟《おとうと》忠懿王俶《ちゅういおうしゅく》、又大《またおお》いに兵《へい》を出《い》だして景《けい》を攻《せ》め、以《もっ》て周《しゅう》の世宗《せいそう》の師《し》を迎《むか》う。其《そ》の後卒《のちつい》に国《くに》を以《もっ》て入覲《にゅうきん》す。三世四王《さんせいしおう》、五代《ごだい》と相終始《あいしゅうし》す。

天下《てんか》大《おお》いに乱《みだ》れ、豪傑蜂起《ごうけつほうき》す。是《こ》の時《とき》に方《あた》りて、数州《すうしゅう》の地《ち》を以《もっ》て名字《めいじ》を盗《ぬす》む者《もの》、勝《あ》げて数《かぞ》うべからず。既《すで》に其《そ》の族《ぞく》を覆《ふく》し、延《ひ》いて無辜《むこ》の民《たみ》に及《およ》ぶまで、孑遺《けつい》有《あ》る罔《な》し。

而《しか》して呉越《ごえつ》は地《ち》は方千里《ほうせんり》、帯甲十万《たいこうじゅうまん》、山《やま》を鋳《い》、海《うみ》に煮《に》、象犀珠玉《ぞうさいしゅぎょく》の富《とみ》、天下《てんか》に甲《こう》たり。然《しか》れども終《つい》に臣節《しんせつ》を失《うしな》わず、貢献道《こうけんみち》に相望《あいのぞ》む。是《ここ》を以《もっ》て其《そ》の民老死《たみろうし》に至《いた》るまで、兵革《へいかく》を識《し》らず、四時嬉遊《しじきゆう》し、歌鼓《かこ》の声相聞《こえあいき》こえ、今《いま》に至《いた》るまで廃《はい》せず。其《そ》の斯《こ》の民《たみ》に徳有《とくあ》るや、甚《はなは》だ厚《あつ》し。

解釈

謹んでおもんみるに、もとの武粛王銭鏐は、はじめ土地の兵を率いて黄巣の賊を破って敗走させ、その名は広く江淮の地に知れ渡りました。そして次には、杭州刺史の董昌配下の八隊の兵を率いて越州観察使の劉漢宏を討って越州の地を併合し、董昌を主君としていただき、自分は杭州にいました。董昌が越で唐朝に叛旗を翻すと、銭鏐は董昌を誅伐し、越を併合して、浙東・浙西の全土を領有しました。そして息子の文穆王銭元瓘に王の地位を伝えました。

銭鏐の孫の忠顕王銭仁佐の時代になって、そのまま南唐の中主李景の兵を破り、福州の地を取りました。そして仁佐の弟の忠懿王銭俶もまた大いに兵を出して李景を攻め、後周の世宗の軍隊を迎え入れました。その後、結局のところ国ごと宋朝に従うことになりました。三世代四人の王が出て、五代の王朝とともに興り廃れていったのです。

五代の間、天下は大いに乱れ、豪傑が蜂が巣から一斉に飛びたつようにして立ち上がりました。この時、わずか数州の地を拠り所として、帝王の名を僭称する者が、数えきれないほど出ました。彼らは敵の一族を滅ぼした後には、ひいては罪もない民衆に至るまで殺害し、だれも余すものがないような状態でした。

ところが呉越の国はその千里四方の地に、武装した兵士十万人を擁し、山では銅を鋳造し、海では製塩を行い、象牙、犀の角や珠玉のような貴重品が豊富であることは、天下第一です。

しかしながら呉越は最後まで臣下の節義を失うことなく、朝廷への献上品を載せた車が道路に次々と続くありさまです。だから呉越の民は年老いて死に至るまで戦争を知らず、一年中いつも楽しく遊び、歌舞音曲の音が聞こえて、今に至るまで変わることがありません。呉越王の銭氏がその民に徳化による恩沢を施してきたことははなはだ厚いものがあるのです。

【背景】本段は銭鏐を初めとする銭氏一族の善政を略説する。唐末の僖宗の乾符二年（八七四）、浙西の裨将王郢は反乱し、石鑑の鎮将董昌は郷兵を募集し、八隊の兵を編成して賊を討ち、銭鏐を偏将に任命して、郢を撃ち破った。銭鏐（八五二～九三二）、字は具美、杭州臨安の人。唐末の戦乱で功をたて、鎮海節度使・鎮東節度使となって、浙東・浙西の全域を領有し、呉越国を建てた。

劉漢宏は浙東に位置する越州観察使をつとめていた人物。銭鏐に討たれて敗走し斬首された。

(3)

【本文】皇宋命《こうそうめい》を受《う》け、四方《しほう》の僭乱《せんらん》、次《じ》を以《もつ》て削平《さくへい》す。西蜀《せいしょく》・江南《こうなん》は、其《そ》の嶮遠《けんえん》を負《たの》み、兵城下《へいじょうか》に至《いた》り、力《ちから》屈《くつ》し勢《いきお》い窮《きわ》まり、然《しか》る後手《のちて》を束《つか》ぬ。而《しか》して河東《かとう》の劉氏《りゅうし》は、百戦《ひゃくせん》して死《し》を守《まも》り、以《もつ》て王師《おうし》に抗《こう》し、骸《むくろ》を積《つ》みて城《しろ》と為《な》し、血《ち》を釃《した》みて池《いけ》と為《な》し、天下《てんか》の力《ちから》を竭《つく》して、僅《わず》かに乃《すなわ》ち之《これ》に克《か》つ。独《ひと》り呉越《ごえつ》は告命《こうめい》を待《ま》たずして、府庫《ふこ》を封《ほう》じ、郡県《ぐんけん》を籍《せき》し、吏《り》を朝《ちょう》に請《こ》い、其《そ》の国《くに》を去《さ》るを眎《しめ》すこと、伝舎《でんしゃ》を去《さ》るが如《ごと》し。其《そ》の朝廷《ちょうてい》に功有《こうあ》ること甚《はなは》だ大《おお》いなり。

【解釈】わが大いなる宋朝が天命を受けて国を興すや、四方で帝王の名を僭称し、反乱を起こしていた者たちに対して、次々とその土地を削り、平らげていきました。西蜀や江南の諸国は、その地が険しく遠いということを恃んで抵抗し、わが宋の軍が城下に至ると、力がくじけ、勢いがきわまって、それで始めて手をこまぬいて降参する始末でした。そして河東の劉氏の場合などは、たび重なる戦争に死をかけて国を守ろうとし、わが宋の軍に抵抗して、兵士のしかばねを積み上げて城壁とし、流血をしたたらせて池とするほどでした。わが宋の軍は、天下の力を出し尽くして、やっと勝利したのです。

ところが呉越国だけは、わが宋の命令を待つことなく、役所の倉庫に封印し、領内の郡県の土地人民の戸籍簿を作成し、朝廷に官吏の派遣を要請しました。銭氏がその国を立ち去ろうとする意思を示すこと、あたかも旅館を引き払うかのごとくでした。銭氏の朝廷への功績ははなはだ大きなものがあります。

背景　本段は、銭氏が宋に降伏し、戦争を避けた功績を述べる。西蜀、現在の四川省西部一帯の地で、ここでは西蜀の地によっていた五代十国の一、孟氏の後蜀をいう。江南は長江南岸一帯の地で、ここでは江南によっていた五代十国の一、李氏の南唐をいう。河東劉氏は河東（現在の山西省）の地によっていた五代十国の一、劉氏の後漢をいう。

(4)

本文　昔《むかし》竇融《とうゆう》河西《かせい》を以《もっ》て漢《かん》に帰《き》するや、光武《こうぶ》右扶《ゆうふ》風《ふう》に詔《みことのり》して、其《そ》の父祖《ふそ》の墳塋《ふんえい》を脩理《しゅうり》し、祠《まつ》るに太牢《たいろう》を以《もっ》てす。今銭氏《いませんし》の功徳《こうとく》は、殆《ほとん》ど融《ゆう》に過《す》ぎたり。而《しか》るに未《いま》だ百年《ひゃくねん》に及《およ》ばずして、墳廟《ふんびょう》治《おさ》まらず、行道嗟《こうどうさ》傷《しょう》す。甚《はなは》だ忠臣《ちゅうしん》を勧奨《かんしょう》し、民心《みんしん》に慰答《いとう》する所以《ゆえん》の義《ぎ》に非《あら》ざるなり。

臣願《しんねが》わくは龍山《りようざん》の廃仏祠《はいぶつし》の妙因院《みよういんいん》と曰《い》う者《もの》を以《もつ》て観《かん》と為《な》し、銭氏《せんし》の孫《そん》の道士《どうし》と為《な》りて自然《しぜん》と曰《い》う者《もの》をして之《これ》に居《お》らしめん。凡《およ》そ墳廟《ふんびよう》の銭塘《せんとう》に在《あ》る者《もの》は、以《もつ》て自然《しぜん》に付《ふ》し、其《そ》の臨安《りんあん》に在《あ》る者《もの》は、以《もつ》て呉県《ごけん》の浄土寺《じようどじ》の僧道微《そうどうび》と曰《い》うに付《ふ》す。歳《とし》ごとに各〻其《おのおのそ》の徒《と》一人《いちにん》を度《ど》し、世〻之《よよこれ》を掌《つかさど》らしめ、其《そ》の地《ち》の入《い》る所《ところ》を籍《せき》し、時《とき》を以《もつ》て其《そ》の祠《し》宇《う》を修《おさ》め、其《そ》の草木《そうもく》を封殖《ほうしよく》し、治《おさ》めざる者有《ものあ》れば、県令丞之《けんれいじようこれ》を察《さつ》し、甚《はなは》だしき者《もの》は其《そ》の人《ひと》を易《か》えば、永《なが》く終《つい》に墜《お》ちずして、以《もつ》て朝廷《ちようてい》の銭氏《せんし》を待《ま》つの意《い》に称《かな》うに庶幾《ちか》からん。臣抃昧死《しんぺんまいし》して以聞《いぶん》す、と。
制《せい》に曰《いわ》く、可《か》なり、と。其《そ》の妙因院《みよういんいん》は、改《あらた》めて名《な》を賜《たま》い表忠観《ひようちゆうかん》と曰《い》う。

解釈　昔、竇融が河西の地をもって漢に帰順すると、光武帝は右扶風に詔勅を出して、竇融の父親の墳墓を修復させ、太牢の供物を供えて祭らせたことがありました。ところが今、呉越国の銭氏の功績はほとんど竇融の場合を越えているにも拘らず、まだ百年も経っていないのに、その墳墓や廟は修理が行き届かず、道行く人も嘆き悲しんでいるありさまです。これではとても忠臣を奨励し、民心をなぐさめるやり方とは言えません。

私は願わくは、龍山の妙因院という廃寺を道観とし、銭氏の子孫で自然という道士をここに住まわせ、銭氏の墳墓や廟で銭塘にあるものは全て自然にあずけるようにさせていただきたいと存じます。また臨安にある墳墓や廟については、呉県の浄土寺の道微という僧にあずけるようにさせていただきたく存じます。そして毎年それぞれの弟子一人に度牒を与えて道士や僧侶とし、代々墳墓や廟の祭りを担当させ、土地から得られる収入を帳簿に記録しておいて、その収入でしかるべき時に堂宇を修理し、草木を植栽させます。もしきちんと仕事をしない者がいれば、県の令や丞が視察して、ひどい場合はその者を更迭します。そうすることによって、銭氏の墳墓や廟が永久に整然と保たれ、朝廷が銭氏をよく待遇されんとするご意思にかなうようになることになりましょう。私抃は死を冒して申し上げる次第です。

朝廷から許可するとの命令が下って、妙因院は改めて表忠観という名を賜った。

背景　本段は、荒廃していた呉越国銭氏の墳廟の修復の所以を述べる。

竇融は後漢初期の政治家。字は周公。扶風平陵の人。後漢の光武帝の建武十二年（三六）、涼州五郡の太守を率いて入朝した。自然は銭氏の子孫で、杭州で道士をしていた。

日喩（日《ひ》の喩《たと》え）

(1)

本文 生《う》まれがならにして眇《びょう》なる者《もの》は日《ひ》を識《し》らず、之《これ》を目有《めあ》る者《もの》に問《と》う。或《ある》ひと之《これ》に告《つ》げて曰《いわ》く、日《ひ》の状《じょう》は銅槃《どうはん》の如《ごと》し、と。槃《はん》を扣《たた》きて其《そ》の声《こえ》を得《え》、他日《たじつ》鐘《かね》を聞《き》きて、以為《おも》えらく日《ひ》なり、と。或《ある》ひと之《これ》に告《つ》げて曰《いわ》く、日《ひ》の光《ひかり》は燭《しょく》の如《ごと》し、と。燭《しょく》を捫《さぐ》りて其《そ》の形《かたち》を得《え》、他日《たじつ》籥《やく》を揣《な》でて、以為《おも》えらく日《ひ》なり、と。日《ひ》の鐘籥《しょうやく》とは亦《ま》た遠《とお》し。而《しか》るに眇者《びょうしゃ》は其《そ》の異《い》を知《し》らず。其《そ》の未《いま》だ嘗《かつ》て見《み》ずして之《これ》を人《ひと》に求《もと》むるを以《もっ》てなり。

解釈 生まれながらにして目の見えない者は、太陽がどのようなものであるのかが分からない。そこで目の見える者に尋ねると、ある者は「太陽のすがたは銅のたらいのようだ」と告げた。目の見えない者は、たらいを叩いてその音を知り、後日鐘の音を聞いて、太陽だと思った。またある者は、「太陽の光は、ともしびのようだ」と告げた。目の見えない者は、燭台をなでてその形を知り、後日燭台に似た笛をさすって、太陽だと思った。太陽と鐘・笛とは全然違っている。しかし目の見えない者はその違いが分からない。それは自分がまだ見たことがないものを、人に尋ねて知ろうとしたからである。

背景　この文は元豊元年（一〇七八）十月十二日、蘇軾が徐州の知事をつとめていた当時、やはり徐州で事務職に従事していた呉琯が礼部試に赴くに当たって贈ったものである。蘇軾が生まれつき目の見えない者が太陽の実体を認識できないことなどに喩えを借りて、道を得るのが容易でないことを述べている。この「日喩」の作は、蘇軾が筆禍の罪で窮地に立たされることになった、いわゆる「烏台詩案」の対象となった。

「眇」は本来は片目を意味するが、ここでは全盲の意で用いられている。「籥」は管楽器の一種。三孔のものと、六孔のものとがある。笛に似たもの。

(2)

本文　道《みち》の見難《みがた》きや、日《ひ》よりも甚《はなは》だし。而《しか》して人《ひと》の未《いま》だ習《なら》わざるや、以《もっ》て眇《びょう》に異《こと》なる無《な》し。達《たっ》する者之《ものこれ》に告《つ》ぐるに、巧譬善導《こうひぜんどう》有《あ》りと雖《いえど》も、亦《ま》た以《もっ》て槃《はん》と燭《しょく》とに過《す》ぐる無《な》きなり。槃《はん》よりして鐘《しょう》に之《ゆ》き、燭《しょく》よりして籥《やく》に之《ゆ》き、転《てん》じて之《これ》を相《そう》すること、豈《あ》に既《つ》くる有《あ》らんや。故《ゆえ》に世《よ》の道《みち》を言《い》う者《もの》、或《ある》いは其《そ》の見《み》る所《ところ》に即《つ》きて之《これ》を名《な》づけ、或《ある》いは之《これ》を見《み》る莫《な》くして之《これ》を意《おも》う。皆道《みなみち》を求《もと》むるの過《あやま》ちなり。

然《しか》らば則《すなわ》ち道《みち》は卒《つい》に求《もと》むべからざるか。蘇子《そし》曰《いわ》く、道《みち》は致《いた》すべくして、求《もと》むべからず。何《なに》をか致《ち》と謂《い》う。孫武《そんぶ》曰《いわ》く、善《よ》く戦《たたか》う者《もの》は、人《ひと》を致《いた》して、人《ひと》に致《いた》されず、と。孔子《こうし》曰《いわ》く、百工《ひゃくこう》は肆《し》に居《お》りて以《もっ》て其《そ》の事《こと》を成《な》し、君子《くんし》は学《まな》びて以《もっ》て其《そ》の道《みち》を致《いた》す、と。之《これ》を求《もと》むる莫《な》くして而《しか》も自《おのずか》ら至《いた》る、斯《こ》れ以《もっ》て致《ち》と為《な》すか。

解釈　道が見えにくいのは、太陽より甚だしい。そして人がまだ道について習熟していないのは、目の見えない者が太陽が分からないのと同じである。道に達した者が道について習熟していない者に告げるに際して、いかに巧みな比喩を用いてうまく指導しても、やはりたらいとともしびとの比喩を越えるものではない。たらいから鐘に行き、ともしびから笛に行くように、移し変えて形容するとなると、もう際限がなくなってしまう。だから世間で道についていう者は、ある者は自分が見たままに説明するし、また、ある者は見ることなくして推量する。これらは皆道を求めることの間違いなのである。

　では、道は結局、求めることができないのだろうか。私、蘇軾は思う、「道は自然と得られるものであって、強いて求められるものではない」と。では、自然と得られるとは、どういうことか。孫武は言う、「作戦の上手な者は、相手を思うがままにしておいて、相手の思うとおりにはされない」と。また、孔子は言う、「もろもろの職人たちはそれぞれの作業場でその仕事を仕上げるが、君子は学問に励むことでその目指すべき道に至る」と。自分から求めるのではなくて、向こうから自然とやってくる。これを「致」というのではないだろうか。

背景　道は万物の法則、真理である。『韓非子』解老に、「道は、万物の然る所以なり、万理の稽《とど》まる所なり」とある。孫武は春秋時代、呉の兵法家で、兵法書『孫子』を著したとされる。

(3)

本文　南方《なんぽう》に没人《ぼつじん》多《おお》し。日《ひ》に水《みず》と居《お》るなり。七歳《しちさい》にして能《よ》く渉《わた》り、十歳《じっさい》にして能《よ》く浮《う》かび、十五《じゅうご》にして能《よ》く没《ぼっ》す。夫《そ》れ没《ぼっ》する者豈《ものあ》に苟《いやしく》も然《しか》らんや。必《かなら》ず将《まさ》に水《みず》の道《みち》に得《う》る者有《ものあ》らんとす。日《ひ》に水《みず》と居《お》れば、則《すなわ》ち十五《じゅうご》にして其《そ》の道《みち》を得《え》、生《う》まれて水《みず》を識《し》らざれば、則《すなわ》ち壮《そう》にして舟《ふね》を見《み》ると雖《いえど》も之《これ》を畏《おそ》る。故《ゆえ》に北方《ほっぽう》の勇者《ゆうしゃ》、没人《ぼつじん》に問《と》うて、其《そ》の没《ぼっ》する所以《ゆえん》を求《もと》め、其《そ》の言《げん》を以《もっ》て之《これ》を河《か》に試《こころ》みるに、未《いま》だ溺《おぼ》れざる者有《ものあ》らざるなり。故《ゆえ》に凡《およ》そ学《まな》ばずして道《みち》を求《もと》むるを務《つと》むるは、皆北方《みなほっぽう》の没《ぼっ》を学《まな》ぶ者《もの》なり。

解釈　南方には水に潜れる者が多い。彼らは毎日水とともにいるから、七歳で川を歩いて渡ることができるし、十歳で水に浮かぶことができるし、十五歳で水に潜ることができる。そもそも水に潜れる者は、いいかげんのことでそうできるというわけではなく、必ず水の道を心得ることがあったはずである。毎日水とともにいると、十五歳で水の道を心得ることになるし、生まれながらにして水を知らないと、壮年になっても、舟を見て、これで本当に川を渡れるのかと怖がる。だから北方の勇者は、水に潜れる者に尋ねて、自分が潜る方法を求め、水に潜れる者がいったように黄河で試してみるが、結局、皆溺れてしまう。だから、すべて学ぶことをしないで道を求めようとするのは、どれも北方人が水に潜ることを学ぶのと同じなのである。

背景 「没人」は水に潜むことのできる者。『荘子』達生に、「乃ち夫の没人のごときは、則ち未だ嘗て舟を見ずして便ち之を操るなり」とあり、郭象の注に、「没人は、鶩（あひる）の水底に没するを能くするを謂う」とある。「河」は北方の黄河、もしくはその支流を言う。

(4)

本文 昔《むかし》は声律《せいりつ》を以《もっ》て士《し》を取《と》る。士《し》雑学《ざつがく》して道《みち》に志《こころざ》さず。今《いま》や経術《けいじゅつ》を以《もっ》て士《し》を取《と》る。士《し》道《みち》を求《もと》むるを知《し》りて学《がく》を務《つと》めず。渤海《ぼっかい》の呉君彦律《ごくんげんりつ》は、学《がく》に志《こころざし》有《あ》る者《もの》なり。方《まさ》に礼部《れいぶ》に挙《あ》げられんことを求《もと》む。日《ひ》の喩《たと》えを作《つく》りて以《もっ》て之《これ》に告《つ》ぐ。

解釈 昔は、科挙において詩賦を課して士人を選抜したため、士人は雑駁な学問ばかりで道を志すことがなかった。今日では経書の学識で士人を選抜するため、士人は道を求めることは知っていても、学問に励むことをしない。渤海の呉彦律君は学問に志を有する者である。このたび呉君が科挙の礼部試を受験するに当たって、私はこの「日喩」を制作して彼に告げることとした。

背景 『宋史』選挙志一「科目」に、「初め礼部の貢挙、進士・九経・五経・開元礼・三史・三礼・三伝・学究・明経・明法等の科を設く。……凡そ進士、詩・賦・論各々一首、第五道を試し、帖は論語十帖、対は春秋或いは礼記の墨義十条とす」とあるように、北宋の前期にあっては、科挙は唐代の制度を踏襲して、最も有力であった進士科では詩賦を作ることを課した。「声律」は、詩賦が意とともに格律を守ることが要件とされたことから言う。また、同書に、「是に於いて法を改む。詩賦・帖経・墨義を罷め、士は各々占して易・詩・書・周礼・礼記一経を収め、論語・孟子を兼ね」とあり、熙寧四年（一〇七二）二月、王安石の改革によって進士科の詩賦の課題が廃止となり、経学の学問によって士人を選抜するようになった。渤海は郡名で、役所は現在の山東省浜州市陽信県にあった。呉君彦律は呉琯のこと、彦律はその字である。蘇軾が徐州知事であった当時、やはり徐州で監酒をつとめていた。監酒は、酒造を監督する下級の官吏である。

書㆓蒲永昇画後㆒（蒲《ほ》永昇《えいしょう》の画《が》の後《のち》に書《しょ》す）

(1)

本文　古今水《ここんみず》を画《えが》くは、多《おお》くは平遠《へいえん》なる細流《さいりゅう》を作《な》す。其《そ》の善《よ》き者《もの》は、能《よ》く波頭《はとう》の起伏《きふく》を為《な》すに、人《ひと》をして手《て》を以《もっ》て之《これ》を捫《な》で、窪隆《わりゅう》有《あ》りと謂《い》うに至《いた》らしめ、以《もっ》て至妙《しみょう》と為《な》すに過《す》ぎず。然《しか》れども其《そ》の品格《ひんかく》は、特《ただ》に印板《いんばん》水紙《すいし》と工拙《こうせつ》を毫釐《ごうり》の間《あいだ》に争《あらそ》うのみ。
唐《とう》の広明中《こうめいちゅう》、処士《しょし》孫位《そんい》始《はじ》めて新意《しんい》を出《い》だし、奔湍巨浪《ほんたんきょろう》を画《えが》き、山石《さんせき》と曲折《きょくせつ》し、物《もの》に随《したが》い形《かたち》を賦《ふ》し、水《みず》の変《へん》を尽《つ》くす。号《ごう》して神逸《しんいつ》と称《しょう》せらる。其《そ》の後《のち》蜀《しょく》人《ひと》黄筌《こうせん》・孫知微《そんちび》、皆《みな》其《そ》の筆法《ひっぽう》を得《え》たり。始《はじ》め知微《ちび》大慈寺《だいじじ》寿寧院《じゅねいいん》の壁《かべ》に於《お》いて湖灘水石《こだんすいせき》四堵《しと》を作《つく》らんと欲《ほっ》す。営度《えいたく》して歳《とし》を経《へ》、終《つい》に肯《あ》えて筆《ふで》を下《くだ》さず。一日《いちじつ》蒼黄《そうこう》として寺《てら》に入《い》り、筆《ひつ》墨《ぼく》を索《もと》むること甚《はなは》だ急《きゅう》に、袂《たもと》を奮《ふる》うこと風《かぜ》の如《ごと》く、須臾《しゅゆ》にして成《な》る。輸瀉跳蹙《しゅしゃちょうしゅく》の勢《いきお》いを作《な》し、洶洶《きょうきょう》として屋《おく》を崩《くず》さんと欲《ほっ》す。知微《ちび》既《すで》に死《し》し、筆法《ひっぽう》中絶《ちゅうぜつ》すること五十《ごじゅう》余《よ》年《ねん》なり。

解釈　昔も今も水を描く絵では、平らかで遠い広がりに細い流れを描くことが多い。上手な者は、波の起伏をうまく描き出し、見る人をして手でなでて、凹凸があると言わせるほどになると、最高の妙手とされるくらいである。しかしそうした絵の品格のほどは、紙面に波の起伏の模様を浮き出させる高級製紙の技術とほんのわずかなところで巧拙を競い合うほどのものでしかない。

唐の広明年間、在野の画家孫位が初めて新たな工夫を創出し、奔流する早瀬、巨大な波浪を描いて、流れが山石の間で折れ曲がり、自然物に応じて形を表している。水の変化の相を描ききって、「神逸」の名で呼ばれた。その後、蜀の人である黄筌・孫知微がともにその描き方を修得した。以前、孫知微は大慈寺の寿寧院の壁に湖・早瀬・水・石の四面の絵画を描こうとした。しかし構想をめぐらすうちに一年が経ち、いつまでも筆を下ろす気にはなれなかった。ところがある日のこと、あわただしく寺に入ると、急いで筆と墨を求め、風が吹くかのように袂を振るって、わずかの間に描き上げてしまった。その絵は、水が奔流して落下したり、岩に当たって跳ね上がったりする形勢を描いて、とどろく波浪の音が建物を崩さんばかりであった。

孫知微が亡くなった後、その画法が絶えて、五十年余りが経った。

背景　元豊三年（一〇八〇）十二月十八日夜、蘇軾が黄州の臨皐亭西斎で蒲永昇の絵に書き添えた文章である。蒲永昇については、北宋時代、蜀の成都の人で、水を画くのを得意とした画家であることが知られるくらいで、詳しい経歴はほとんど分からない。ただ元の夏文彦の『図絵宝鑑』には、「蒲永昇は、成都の人なり、性酒を嗜みて放浪し、善く山水を画く。東坡嘗て其の画を得たり」と見えるし、また宋の郭若虚の『図画見聞志』巻四には、この文章の制作に触れて、「蘇子瞻内翰嘗て永昇の画二十四幅を得、之を観る毎に、則ち陰風人を襲い、毛髪為に立つ。子瞻黄州の臨皐亭に在りて、興に乗じて数百言を書し、成都の僧惟簡に寄せ、具に其の妙を述べ、董、戚の流の死水を為すのみなるを謂う」とある。この文章は「画水記」ともいう。

　印板水紙は、板木を用いてこすりつけて紙面に無色の波の模様を浮き出させた高級な書画用紙である。孫位は唐末の画家である。郭若虚の『図画見聞志』巻六によれば、「位」は初めの名で、後に「遇」と改名する。自ら会稽（現在の浙江省紹興市）の人と称したが、広明年間（唐の僖宗の年号、八八〇〜八八一）、黄巣の乱で蜀へ逃れ、そのまま成都に住みついた。人物・竜水・松石・墨竹を得意とした。黄筌（九〇三〜九六五）は五代から宋にかけての画家で、字は要叔、成都の人である。宋では図画院に属し、「程式」とされた。山水・花鳥・竹石の絵を得意とし、特に竜水の絵について孫位を師としたとされる。孫知微は宋代の画家で、字は太古、眉州彭山（現在の四川省眉山市）の人である。黄老の学に精通し、仏教故事の絵を得意とした。大慈寺寿寧院は唐の至徳年間に建立された仏教寺院で、その遺址は成都市の東風路にある。

本文（2）

近歳成都《きんさいせいと》の人《ひと》蒲《ほ》永昇《えいしょう》、酒《さけ》を嗜《たしな》み放浪《ほうろう》し、性画《せいが》と会《かい》す。始《はじ》めて活水《かっすい》を作《つく》り、二《に》孫《そん》の本意《ほんい》を得《え》たり。黄《こう》居寀兄弟《きょさいけいてい》・李懐兗《りかいえん》の流《たぐい》より、皆及《みなおよ》ばざるなり。王公富人《おうこうふうじん》、或《ある》いは勢力《せいりょく》を以《もっ》て之《これ》を使《せ》しむれば、永昇輒《えいしょうすなわ》ち嘻《き》笑《しょう》して捨《す》て去《さ》る。其《そ》の画《えが》かんと欲《ほっ》するに遇《あ》えば、貴賤《きせん》を択《えら》ばず、頃刻《けいこく》にして成《な》る。嘗《かつ》て予《よ》の与《ため》に寿寧院《じゅねいいん》の水《みず》を臨《りん》し、二《に》十四《じゅうし》幅《ふく》を作《つく》る。夏日之《かじつこれ》を高堂《こうどう》の素壁《そへき》に挂《か》くる毎《ごと》に、即《すなわ》ち陰風人《いんぷうひと》を襲《おそ》い、毛髪為《もうはつため》に立《た》つ。永昇今老《えいしょういまお》いたり。画《が》も亦《ま》た得難《えがた》し。而《しか》して世《よ》の真《しん》を識《し》る者《もの》も亦《ま》た少《すく》なし。往時《おうじ》の董羽《とうう》、近日《きんじつ》の常州《じょうしゅう》の戚氏《せきし》の水《みず》を画《えが》くが如《ごと》き、世《よ》或《あ》いは伝《つた》えて之《これ》を宝《たから》とす。董《とう》・戚《せき》の流《たぐい》の如《ごと》きは、死水《しすい》と謂《い》うべし。未《いま》だ永昇《えいしょう》と年《とし》を同《おな》じうして語《かた》るべからざるなり。

解釈

近年、成都の人蒲永昇は、酒飲みで自由に行動し、その性格は絵画とよく適《かな》っていた。彼こそが始めて活きた水を描き得た画家であって、孫位・孫知微両人の絵画の奥義を得たといえる。黄居寀兄弟や李懐兗らの輩では、誰も彼には及ばない。王公や金持ちが力づくで絵を描かせようとしても蒲永昇はそのたびごとに笑って取り合おうとはしない。彼が絵を描こうとする気になれば、依頼人の身分の上下には関係なく、たちどころに描き上げた。

以前、蒲永昇は私のために寿寧院の水の壁画を模写して二十四幅の絵を描いてくれた。夏の日、この絵を座敷の白い壁にかけると、いつも冷ややかな風が人に吹きよせ、髪の毛が逆立つような思いであった。

蒲永昇も今は年老いてしまった。絵もやはり手に入れるのが難しい。そして世間では真実をわきまえる者も少ない。昔の董羽や近ごろの常州の戚氏が描いた水の絵のごときを世間ではお宝として伝える者がいる。しかし董羽や戚氏の輩が描いた水の絵などは、死んだ水と言ってよいもので、蒲永昇と比べものにはならないのである。

背景　黄居寀兄弟は黄筌の子息である黄居寀・黄居宝・黄居実の兄弟を指す。黄筌の画風を継承して一派をなし、山水花鳥の絵を得意とした。李懐兗は宋の画家で、蜀郡（現在の四川省眉山市青神県）の人。黄氏に学んで花鳥山水の絵を得意とした。董羽は五代から宋初にかけての画家で、字は仲翔、毗陵《びりょう》（現在の江蘇省常州市）の人。宋代では図画院に属し、花鳥山水の絵を得意とした。戚氏は戚文秀を指す。水を描くのを得意とした。

方山子伝（方山子《ほうざんし》の伝《でん》）

(1)

本文

方山子《ほうざんし》は、光黄《こうこう》の間《あいだ》の隠人《いんじん》なり。少《わか》き時《とき》朱家《しゆか》・郭解《かくかい》の人《ひと》と為《な》りを慕《した》い、閭里《りより》の俠《きよう》皆《みな》之《これ》を宗《そう》とす。稍《やや》ゝ壮《そう》にして、節《せつ》を折《お》りて書《しよ》を読《よ》み、此《これ》を以《もつ》て当世《とうせい》に馳騁《ちてい》せんと欲《ほつ》す。然《しか》れども終《つい》に不遇《ふぐう》なり。晩《ばん》に乃《すなわ》ち光黄《こうこう》の間《あいだ》、岐亭《きてい》と曰《い》うに遯《のが》る。庵居蔬食《あんきよそし》し、世《よ》と相聞《あいき》こえず。車馬《しやば》を棄《す》て、冠服《かんふく》を毀《こぼ》ち、徒歩《とほ》して山中《さんちゆう》に往来《おうらい》し、人《ひと》識《し》る莫《な》きなり。其《そ》の著《き》る所《ところ》の帽《ぼう》、方屋《ほうおく》にして高《たか》きを見《み》て、曰《いわ》く、此《こ》れ豈《あ》に古《いにしえ》の方山冠《ほうざんかん》の遺像《いぞう》か、と。因《よ》って之《これ》を方山子《ほうざんし》と謂《い》う。

余《よ》黄《こう》に謫居《たくきよ》し、岐亭《きてい》を過《す》ぎ、適《たまたま》ゝ見《み》る。曰《いわ》く、嗚呼《ああ》、此《こ》れ吾《わ》が故人《こじん》陳慥季常《ちんぞうきじよう》なり。何為《なんす》れぞ此《ここ》に在《あ》る、と。方《ほう》山子《ざんし》も亦《ま》た矍然《かくぜん》として余《よ》が此《ここ》に至《いた》る所以《ゆえん》の者《もの》を問《と》う。余《よ》之《これ》に故《ゆえ》を告《つ》ぐ。俯《ふ》して答《こた》えず、仰《あお》ぎて笑《わら》い、余《よ》を呼《よ》びて其《そ》の家《いえ》に宿《しゆく》せしむ。環堵《かんと》蕭然《しようぜん》として、妻子奴婢《さいしどひ》、皆《みな》自得《じとく》の意《い》有《あ》り。余《よ》既《すで》に聳然《しようぜん》として之《これ》を異《い》とす。

解釈

方山子は、光州・黄宗の間に隠れ住む隠遁者である。若い頃は、漢の朱家や郭解の人となりを慕い、村里の男伊達たちから親分とされた。壮年になると、それまでの生き方を改めて学問を積み、当世に学問で活躍しようとしたが、結局は不遇であった。晩年になって、光州・黄州の間の岐亭というところに隠遁した。草庵に住んで蔬菜を食し、世間と交渉を絶ち、車馬を棄て、冠や礼服をこわし、徒歩で山中を往来したから、人はだれも彼の真相を知らなかった。彼の被っていた帽子が先が四角で高いのを見て、これは昔の方山冠の遺制ではないか、と言われたことから、方山子と呼ばれるようになった。

私は黄州に流罪となって、岐亭を通りかかり、うまい具合に彼に出会った。私が、「ああ、君は私の旧友の陳慥季常だね。どうしてここにいるのか」と言うと、方山子も驚いた風で私がここに来たわけを尋ねた。私がわけを告げると、うつむいたまま応答せず、天を仰いで笑った。彼は私を呼んで家に宿泊させてくれたが、家の中はがらんとしていて、妻子や使用人たちは皆満足そうな風情であった。私は驚き不思議に思った。

背景　この文章は蘇軾が方山子のために書いた伝記である。方山子は、本文に見えるごとくに、本名は陳慥、字は季常、隠者が用いる方山子冠を被っていたことから、方山子と呼ばれた。蘇軾には、方山子の父親に当たる陳希亮、字は公弼のために書いた「陳公弼伝」もあり、それによると方山子は陳公弼の四男中の末子であることが知られる。眉州青神（現在の四川省眉山市青神県）の人であるから、蘇軾とはほぼ同郷人といってよく、親しい友人関係にあった。蘇軾には「陳季常の蓄うる所の朱陳村嫁図二首」詩や「陳季常に与うる書」等の作もある。伝はその人の没後に作られるのが普通であるが、この「方山子の伝」は方山子の生前に書かれたものであるだけに、一般の伝とは趣を異にし、方山子の人となりを重点的に述べているところに特色がある。また方山子の伝は、『宋史』巻二九八に見える父親陳希亮伝の附伝として収められているが、その文章は蘇軾のこの「方山子の伝」を節録したものである。

この伝が書かれたのは、本文に見えるごとくに、蘇軾が「烏台詩案」の一件で黄州に流罪となって、岐亭（現在の湖北省麻城市の西南）を通りかかり、方山子に巡り合ったことによる。後に蘇軾は「岐亭五首」と題する詩を残しており、その序には「元豊三年正月、余初めて黄州に謫せらる。岐亭の北二十五里の山上に至れば、白馬青蓋もて来り迎うる者有り、則ち余が故人陳慥季常なり。為に留まること五日、詩一篇を賦して去る」とある。そして元豊三年（一〇八〇）二月に、蘇軾は黄州に至るが、その後、方山子は岐亭から黄州の蘇軾を訪ね、蘇軾も岐亭に至って方山子に会っており、この「方山子の伝」は翌、元豊四年、蘇軾が黄州で制作したものである。

朱家・郭解はともに前漢時代の俠客である。『史記』游俠列伝に、「魯の朱家は、高祖と時を同じくす。魯人皆儒を以て教うるも、朱家は俠を以て聞こゆ。蔵活する所の豪士は百を以て数う。其の余の庸人は勝げて言うべからず。……関より以東、頸を延べ交わりを願わざる莫し。……郭解は軹《し》の人なり、字は翁伯、……解年長ずるに及び、更めて節を折き倹を為し、徳を以て怨に報い、厚く施して薄く望む。然れども其の自ら喜び俠を為すこと益々甚だし。……」とある。方屋は四角の形をした帽子の先端。『晋書』輿服志に、「江左の時、野人已に帽子を著け、人士も亦た往々にして然り。但だ其の頂円なるのみ。後乃ち其の屋を高くすると云う」とある。方山冠は、漢代において祭祀の時に楽人が被った冠であるが、唐宋時代には隠者が多く用いた。『後漢書』輿服志下に、「方山冠は、進賢に似たり。五采の縠を以て之を為る」とある。

(2)

本文　独《ひと》り念《おも》うに、方山子《ほうざんし》少《わか》き時《とき》酒《さけ》を使《つか》い剣《けん》を好《この》み、財《ざい》を用《もち》いること糞土《ふんど》の如《ごと》し。前十有九年《まえじゅうゆうくねん》、余《よ》岐山《きざん》に在《あ》り、方山子《ほうざんし》が両騎《りょうき》を従《したが》え、二矢《にし》を挟《さしはさ》み、西山《せいざん》に游《あそ》ぶを見《み》る。鵲《かささぎ》前《まえ》に起《お》こる。騎《き》をして遂《お》うて之《これ》を射《い》しむ。獲《え》ず。方山子《ほうざんし》馬《うま》を怒《いか》らし独《ひと》り出《い》で、一発《いっぱつ》して之《これ》を得《え》たり。因《よ》つて余《よ》と馬上《ばじょう》に用兵《ようへい》及《およ》び古今《ここん》の成敗《せいはい》を論《ろん》ず。自《みずか》ら謂《おも》えらく一世《いっせい》の豪士《ごうし》なり、と。今幾日《いまいくじつ》のみ。精悍《せいかん》の色《いろ》、猶《な》お眉間《びかん》に見《あらわ》る。而《しか》るに豈《あ》に山中《さんちゅう》の人《ひと》ならんや。然《しか》れども方山子《ほうざんし》は世〻《よよ》勲閥《くんばつ》有《あ》り、当《まさ》に官《かん》を得《う》べし。其《そ》の間《あいだ》に従事《じゅうじ》せしめば、今已《いますで》に顕聞《けんぶん》せん。而《しか》して其《そ》の家《いえ》は洛陽《らくよう》に在《あ》り、園宅壮麗《えんたくそうれい》にして、公侯《こうこう》と等《ひと》し。河北《かほく》に田《でん》有《あ》り、歳《とし》に帛千匹《はくせんびき》を得《う》。亦《ま》た以《もっ》て富楽《ふうらく》するに足《た》る。皆棄《みなす》てて取《と》らず、独《ひと》り窮山《きゅうざん》の中《うち》に来《きた》る。此《こ》れ豈《あ》に得《う》る無《な》くして然《しか》らんや。

余《よ》聞《き》く光黄《こうこう》の間《あいだ》異人《いじん》多《おお》く、往往《おうおう》にして陽狂《ようきょう》し垢汙《こうお》して、得《え》て見《み》るべからず、と。方山子《ほうざんし》儻《も》しくは之《これ》を見《み》るか。

解釈　思い起こせば、方山子は若い頃、酒を飲んでは気ままになり、刀剣を振るうのが好きで、金銭をまるで腐った土でも捨てるかのように浪費した。今から十九年前のこと、私は岐山にいて、方山子が二人の騎士を従え、二本の矢を挟みもって、西山に出かけたのに立ち合ったことがある。鵲が目の前で飛びたつと、騎士に追いかけて矢を射させたが、当たらなかった。そこで方山子は激しく馬に鞭をくれて飛び出し、一発で鵲を仕とめた。そこで私と馬上で戦略のことや古今の成功失敗のことを論じ合ったが、私は彼を当代の豪雄の人物であると思った。今はそれからさほどの年月が経ってはおらず、方山子の鋭く逞しい気性が依然として眉間に表れている。どうして山中にこもっているような人であろうか。

しかしながら、方山子は歴代功労のあった家柄であって、当然官を得べきであり、もし政治の場に従事させれば、今はもう貴顕の身として広く世に知られていたであろう。そしてその家は洛陽にあり、庭園邸宅の壮麗さは諸侯にも等しいものであり、河北に田地を所有していて、歳ごとに絹千匹が入ったから、やはり富裕で安楽な生活を送るのに十分であった。しかし方山子はそれらを皆放棄して、ひとり僻遠の山の中にやってきた。自得の境地に達することなくして、このようなことができるわけではあるまい。

私は、光州・黄州の間には風変わりな人が多いと聞いている。彼らは狂人の風を装って、わざと身を汚くし、なかなか会えないとのことである。方山子はあるいは彼らに会っているのであろうか。

背景　この伝が書かれた元豊四年（一〇八一）から数えて十九年前は仁宗の嘉祐八年（一〇六三）に当たる。当時、蘇軾は簽書鳳翔府判官庁事として鳳翔の地にあり、折から方山子の父親陳希亮は鳳翔府の知事をつとめていたから、蘇軾にとっては上司であって、方山子とも交わりを結んだ。岐山は現在の陝西省宝鶏市岐山県にある山である。宋代には鳳翔府の境内にあったので、ここでは鳳翔（現在の陝西省宝鶏市鳳翔県）を指す。

亡妻王氏墓志銘（亡妻王氏《ぼうさいおうし》の墓志銘《ぼしめい》）

本文　治平二年五月丁亥《ちへいにねんごがつていがい》、趙郡《ちょうぐん》の蘇軾《そしょく》の妻王氏《つまおうし》、京師《けいし》に卒《しゅっ》す。六月甲午《ろくがつこうご》、京城《けいじょう》の西《にし》に殯《ひん》す。明年六月壬午《みょうねんろくがつじんご》、眉《び》の東北彭山県安鎮郷《とうほくほうざんけんあんちんきょうか》可龍《りょうり》里なる、先君《せんくん》・先夫人《せんふじん》の墓《はか》の西北八歩《せいほくはっぽ》に葬《ほうむ》る。軾其《しょくそ》の墓《はか》に銘《めい》して曰《いわ》く、(1)

解釈　治平二年五月丁亥の日、趙郡の蘇軾の妻である王氏が京師でみまかった。六月甲午の日に京城の西でかりもがりし、翌年六月壬午の日に眉州の東北、彭山県安鎮郷可龍里にあるわが父君・母君の墓の西北八歩のところに葬った。私はその墓に次のような銘文を作った。

背景　蘇軾が亡き妻王弗のために作った墓誌銘である。「墓誌銘」は、死者の事迹を石に刻んで墓側に埋めるものをいう。王弗については、蘇軾と同じ眉州の出身で、宋の仁宗の宝暦元年（一〇三八）に郷貢の進士王方の娘として生まれ、十六歳で蘇軾に嫁ぎ、長子邁を儲けるが、英宗の治平二年（一〇六五）、病を得て開封府で亡くなった。享年二十七歳の若さであった。蘇軾との結婚生活は、わずか十一年であったが、蘇軾は彼女に深い思いを抱き続け、神宗の熙寧八年（一〇七五）

正月二十日の夜、密州（現在の山東省諸城市）にあって彼女を夢みて、「十年生死両りながら茫茫」とうたう詞の作品「江城子」を残している。

趙郡は後漢時代に置かれた郡名で、治所は邯鄲県（現在の河北省邯鄲市）にある。蘇氏の遠祖の蘇章が並州刺史となり、その子孫が趙郡に居を定めたことから、蘇軾はしばしば自ら趙郡の蘇軾と名のった。

本文（2）

君《きみ》、諱《いみな》は弗《ふつ》、眉《び》の青神《せいしん》の人《ひと》、郷貢進士《きょうこうしんし》方《ほう》の女《じょ》なり。生《う》まれて十有六年《じゅうゆうろくねん》にして、軾《しょく》に帰《とつ》ぐ。子《こ》邁《まい》有《あ》り。君《きみ》の未《いま》だ嫁《か》せざるや、父母《ふぼ》に事《つか》へ、既《すで》に嫁《か》するや、我《わ》が先君《せんくん》・先夫人《せんふじん》に事《つか》へ、皆謹粛《みなきんしゅく》を以《もっ》て聞《き》こゆ。其《そ》の始《はじ》め未《いま》だ嘗《かっ》て自《みずか》ら其《そ》の書《しょ》を知《し》るを言《い》はざるなり。軾《しょく》の書《しょ》を読《よ》むを見《み》れば、則《すなわ》ち終日《しゅうじつ》去《さ》らず。亦《ま》た其《そ》の能《よ》く通《つう》ずるを知《し》らざるなり。其《そ》の後軾《のちしょく》　忘《わす》るる所有《ところあ》れば、君《きみ》輒《すなわ》ち能《よ》く之《これ》を記《き》す。其《そ》の他《た》の書《しょ》を問《と》えば、則《すなわ》ち皆《みな》略《ほぼ》〻之《これ》を知《し》る。是《これ》に由《よ》りて始《はじ》めて其《そ》の敏《びん》にして静《せい》なるを知《し》るなり。

軾《しょく》の鳳州《ほうしゅう》に官《かん》たるに従《したが》うや、軾外《しょくそと》に為《な》す所有《ところあ》れば、君未《きみいま》だ嘗《かっ》て其《そ》の詳《しょう》を問知《もんち》せずんばあらず。曰《いわ》く、子《し》親《しん》を去《さ》ること遠《とお》し。以《もっ》て慎《つつし》まざるべからず、と。日《ひ》に先君《せんくん》の軾《しょく》を戒《いまし》むる所以《ゆえん》の者《もの》を以《もっ》て相語《あいかた》りしなり。軾客《しょくかく》と外《そと》に言《い》えば、君屏間《きみへいかん》に立《た》ちて之《これ》を聴《き》き、退《しりぞ》けば必《かなら》ず其《そ》の言《げん》を反覆《はんぷく》して曰《いわ》く、某《ぼう》の人《ひと》や、言《い》えば輒《すなわ》ち両端《りょうたん》を持《ぢ》し、惟《た》だ子《し》が意《い》の嚮《むか》う所《ところ》のままにす。子《し》何《なん》ぞ是《こ》の人《ひと》と言《い》うを用《もち》いん、と。来《きた》りて軾《しょく》と親厚《しんこう》を求《もと》むること甚《はなは》だしき者有《ものあ》り。君曰《きみいわ》く、恐《おそ》らくは久《ひさ》しきこと能《あた》わじ。其《そ》の人《ひと》に与《くみ》すること鋭《するど》きは、其《そ》の人《ひと》を去《さ》ること必《かなら》ず速《すみ》やかなり、已《すで》にして果《は》たして然《しか》り。将《まさ》に死《し》せんとするの歳《とし》、其《そ》の言聴《げんき》くべき多《おお》く、有識者《ゆうしきしゃ》に類《るい》す。其《そ》の死《し》するや、蓋《けだ》し年《とし》二《に》十《じゅう》有七《ゆうしち》のみ。始《はじ》めて死《し》するや、先君軾《せんくんしょく》に命《めい》じて曰《いわ》く、婦《ふ》汝《なんじ》に艱難《かんなん》に従《したが》ふ。忘《わす》るべからざるなり。他日《たじつ》汝《なんじ》必《かなら》ず諸《これ》を其《そ》の姑《こ》の側《かたわ》らに葬《ほうむ》れ、と。未《いま》だ期年《きねん》ならずして、先君没《せんくんぼっ》す。軾《しょく》謹《つつし》んで遺令《いれい》を以《もっ》て之《これ》を葬《ほうむ》る。

解釈　あなたは、諱は弗、眉州青神県出身の人で、郷貢進士の王方の娘である。十六歳の年に私蘇軾に嫁ぎ、長子の邁を生んだ。あなたは嫁ぐ前には自分の父母につかえ、嫁いだ後には私の父君・母君につかえ、どちらにも謹みうやうやしくすることで評判を得ていた。最初は書物を読めることを自分からは言わなかった。私が書物を読んでいるのを見ると、一日中そばを離れなかった。それでもやはりあなたが書物によく通じていることを知らなかったが、その後、私が忘れていることがあると、あなたはそのたびごとによく記憶していて、その他の書物のことを尋ねても、どれもみな大体のところ知っていた。このことから初めてあなたが明敏で静淑であることを知った。

あなたは、私が鳳州で官吏をつとめたのに付いてきたが、私が執務室で仕事をすると、いつもその詳細を問いたずねた。あなたが言うことには、「あなたは親を遠く離れているのだから、よくよく注意しなければなりません」と。そして日々父君が私を戒めたことを私に告げるのであった。私が座敷で客人と話をしていると、あなたはついたての所に立ってそれを聞き、客が帰るときっと客の言ったことを繰り返して、「だれそれさんは、話がいつもどっちつかずで、ただあなたの意向だけを窺っている。あなたはどうしてあのようなかたと話をなさる必要がありましょうか」と言う。また訪ねてきてしきりに私と懇意になろうとする者がいると、あなたは「恐らくは長続きしないでしょうよ。せっかちに人に近づこうとするかたは、人を見捨てるのも早いものです」と言う。やがて果たしてそのとおりになった。亡くなろうとした年、あなたの言うことには傾聴すべきことが多かった。見識のある人によく似ていた。亡くなったのは、わずか二十七歳であった。あなたが亡くなってすぐの頃、父君は私に、「嫁が困苦の時、お前に付き従ってくれたことを忘れてはならない。将来、お前は嫁を必ず姑の傍らに葬りなさい」とおっしゃった。そしてまる一年も経たないうちに、父君が亡くなった。私は謹んで父君の遺命に従ってあなたを葬った。

背景　本段は王弗の家系、略歴及び言行を述べる。諱は死後にいう生前の本名である。邁は蘇軾の長子である蘇邁（一〇五九～?）、字は伯達である。駕部員外郎、酸棗《さんそう》県尉、徳興県丞を務めた。

本文　(3)
銘《めい》に曰《いわ》く、君《きみ》は先夫人《せんふじん》に九原《きゅうげん》に従《したが》うを得《え》、余《われ》は能《あた》はず。嗚呼《ああ》哀《かな》しいかな。余《われ》は永《なが》く依怙《いこ》する所無《ところな》し。君《きみ》は没《ぼっ》すと雖《いえど》も、其《そ》れ与《ため》に婦《ふ》と為《な》る有《あ》り。何《なん》ぞ傷《いた》まんや。嗚呼《ああ》哀《かな》しいかな。

解釈　銘にいう、

あなたは地下のよみじで母君に従うことができるが、私はできないでいる。ああ、哀しいことよ。私にはもはや長く頼るべき両親がいないが、あなたは亡くなったとはいえ、地下のよみじでわが両親によき嫁としてつかえることができる。それは何ら気遣うことではない。ああ、哀しいことよ。

背景　九原は墓地である。『礼記』檀弓下に、「趙文子、叔誉と九原を観る」とあるように、もとは春秋時代の晋の卿大夫が埋葬された墓地をいうものであったが、後に墓地一般さらに黄泉を意味するようになった。「衣怙」は頼ること。『詩経』小雅「蓼莪」に、「父無くば何をか怙《たの》まん、母無くば何をか恃《たの》まん」とあり、ここでは父母を指す。

祭二欧陽文忠公一文（欧陽文忠公《おうようぶんちゆうこう》を祭《まつ》る文《ぶん》）(1)

本文

嗚呼哀《ああかな》しいかな。公《こう》の世《よ》に生《う》まるるや、六十有六年《ろくじゆうゆうろくねん》、民《たみ》に父母《ふぼ》有《あ》り、国に蓍亀《しき》有《あ》り、斯文《しぶん》伝《でん》有《あ》り、学者師《がくしやし》有《あ》り。君子《くんし》は恃《たの》む所《ところ》有《あ》りて恐《おそ》れず、小人《しようじん》は畏《おそ》るる所《ところ》有《あ》りて為《な》さず。譬《たと》えば大川喬岳《たいせんきようがく》の、其《そ》の運動《うんどう》するを見《み》ずして、功利《こうり》の物《もの》に及《およ》ぶ者《もの》、蓋《けだ》し以《もっ》て数計《すうけい》して周知《しゆうち》すべからざるが如《ごと》し。今公《いまこう》の没《ぼっ》するや、赤子《せきし》は仰芘《ぎようひ》する所無《ところな》く、朝廷《ちようてい》は稽疑《けいぎ》する所無《ところな》く、斯文《しぶん》は化《か》して異端《いたん》と為《な》り、而《しか》して学者《がくしや》は夷《い》を用《もち》いるに至《いた》る。君子《くんし》は以為《おも》えらく無為《むい》を善《ぜん》と為《な》す、と。而《しか》して小人《しようじん》は沛然《はいぜん》として自《みずか》ら以為《おも》えらく時《とき》を得《え》たり、と。譬《たと》えば深淵大沢《しんえんたいたく》の、龍亡《りようほろ》びて虎逝《とらゆ》けば、則《すなは》ち変怪雑出《へんかいざつしゆつ》し、鰌鱓舞《しゆうせんま》いて狐狸号《こりさけ》ぶが如《ごと》し。

解釈

ああ、哀しいことよ。欧陽文忠公はこの世に生をうけて、六十六年のご生涯であった。この間、公がおいでになったことで、民は父母のように仰ぐべきかたを得られたし、国はその命運について信ずべき道を保持できたし、よき文化の伝統は正しく伝えられたし、学問を志すものはよき師を持つことができた。また有徳の教養人は依拠すべき希望があったから、何も恐れることはなかったし、つまらぬ小人は畏怖すべき心配があったから、何もでたらめはしなかった。それはたとえば、大河や高山はその運動する姿は見えないものの、それが万物に及ぼしている利益のほどは、数えて知りつくすことができないようなものである。
　今や公が亡くなると、民は傾慕し庇護を受ける人を失い、朝廷は疑義をただして決断する手立てをなくし、文化は変化して異端が生じ、学問を志すものは野蛮な外国の道を用いるに至った。また教養人は無為がよいと思い、つまらぬ者は勢い盛んに自ら好機を得たと考えた。それはたとえば、深淵や大沢に住む龍や虎がいなくなると、怪物がさまざまに現れ出て、どじょうやうなぎが舞い、きつねやたぬきが叫ぶようなものである。

背景　蘇試が師の欧陽脩のために作った祭文である。欧陽脩（一〇〇七〜一〇七二）は、字は永叔、号は酔翁、また六一居士、江西廬陵（現在の吉安市）の人で、仁宗・英宗・神宗の三代に仕えた政治家であるが、唐宋八大家の一人に数えられるすぐれた文人として知られる。「文忠公」は、その諡《おくりな》である。
　欧陽脩がなくなったのは、神宗の熙寧五年（一〇七二）閏七月二十三日、汝陰（現在の安徽省阜陽市）の私邸においてである。当時、蘇軾は、通判杭州として江南の杭州（現在の浙江省杭州市）の地にあり、欧陽脩の訃報が届いたのは八月か九月であったろうから、それをうけて間もなくこの祭文が書かれたと考えられる。蘇軾三十七歳の作である。それから十九年後の哲宗の元祐六年（一〇九一)、蘇軾は知事として潁州（治所は汝陰県）の地に赴き、欧陽脩の夫人薛氏の祭文も作っている。

欧陽脩の祭文は、ひとり蘇軾の作ばかりではない。范鎮・韓琦・曽鞏・王安石・蘇轍・陳師道らの諸作が挙げられる。欧陽脩がいかによく後進を処遇したかが偲ばれる。

「蓍亀」はめどぎと亀の甲羅である。ともに中国古代に占いに用いたもの。ここでは国家の運命について信頼することのできる道をいう。

(2)

本文　昔其《むかしそ》の未《いま》だ用《もち》いられざるや、天下《てんか》以《もっ》て病《やまい》と為《な》す。而《しか》して其《そ》の既《すで》に用《もち》いらるるや、則《すなわ》ち又以《またもっ》て遅《おそ》しと為《な》す。其《そ》の位《くらい》を釈《す》てて去《さ》るに及《およ》びてや、其《そ》の復《ま》た用《もち》いらるるを冀《こいねが》わざるは莫《な》し。其《そ》の老《ろう》を請《こ》うて帰《かえ》るに至《いた》りてや、惆悵《ちゆうちよう》して望《のぞ》みを失《うしな》わざるは莫《な》し。而《しか》も猶《な》お万一《まんいち》を庶幾《しょき》する者《もの》は、幸《さいわ》いに公《こう》の未《いま》だ衰《おとろ》えざればなり。孰《たれ》か謂《おも》わん公復《こうま》た斯《こ》の世《よ》に意有《いあ》る無《な》しとは。奄《たちま》ち一《ひと》たび去《さ》りて予《よ》を追《お》う莫《な》からしむ。豈《あ》に世《よ》の溷濁《こんだく》を厭《いと》うて、身《み》を潔《いさぎよ》くして逝《ゆ》くか。将《は》た民《たみ》の禄《ろく》無《な》くして、天之《てんこれ》を遺《のこ》す莫《な》きか。

解釈　昔、公がまだ執政に登用されていなかった時には、天下の人は遺憾に思っていた。そして登用された後には、登用の時期が遅すぎると考えた。その後、公が執政の職を辞して都を離れると、天下の人は皆公がまた登用されることを願ったし、公が隠退して帰郷なさることになると、人は皆嘆き悲しんで望みを失った。それでもなお万一に期待を寄せていたのは、幸いに公がまだお元気なことであった。公がもうこの世で事をなすおつもりがなく、突然に亡くなって、自分がもう追随できなくなろうとは誰も思いはしなかった。世が濁っているのがいやになり、わが身を潔くして逝去なさったのであろうか。それとも民に福禄がなくて、天が公をこの世に遺しおくことをしなかったのであろうか。

背景　蘇轍の「欧陽文忠公神道碑」に、「(嘉祐)五年(一〇六〇)本官を以て枢密副使と為る。明年、参知政事と為る」とある。また、蘇轍の当該文に、「御使蒋之奇並びに飛語を以て公を汚し、公を杜じて其の事を弁ぜんことを求む。神宗其の誣なるを察し、詔を連ねて詰問し、詞窮して逐去す。公も亦た堅く退かんことを求め、上奪うべからざるを知りて、観文殿学士兼知豪州事に除す」とある。これは治平四年(一〇六七)のことである。「請老而帰」は隠退して帰郷すること。蘇轍の「欧陽文忠公神道碑」に、「公豪に在りて、已に六たび致仕を請う。蔡に比至《いた》りて、年を逾え、復た請う。(煕寧)四年(一〇七一)、観文殿学士・太子少師を以て致仕す」とある。「奄一去」は突然にこの世を去ること。神宗の煕寧五年(一〇七二)九月のことである。

(3)

本文　昔我《むかしわ》が先君《せんくん》、宝《たから》を懐《いだ》きて世《よ》を遁《のが》る。公《こう》に非《あら》ずんば則《すなわ》ち能《よ》く致《いた》す莫《な》し。而《しか》して不《ふ》肖《しょう》無状《むじょう》、因縁《いんえん》して出《しゅっ》入《にゅう》し、教《おし》へを門下《もんか》に受《う》くること、茲《ここ》に十有六年《じゅうゆうろくねん》なり。公《こう》の喪《も》を聞《き》くや、義《ぎ》当《まさ》に匍《ほ》匐《ふく》して往《ゆ》いて弔《とむら》うべし。而《しか》るに禄《ろく》を懐《おも》ひて去《ゆ》かず、古人《こじん》に愧《は》ぢて以《もっ》て忸怩《じくじ》たり。詞《し》を緘《かん》すること千里《せんり》、以《もっ》て一哀《いちあい》を寓《ぐう》するのみ。蓋《けだ》し上《かみ》は以《もっ》て天下《てんか》の為《ため》に慟《どう》し、而《しか》して下《しも》は以《もっ》て其《そ》の私《わたくし》を哭《こく》す。

解釈　以前わが父君は偉大な才能を懐きながらも世を避けて閑居なさっていた。もし公の引き立てがなければ、出仕なさることはなかったであろう。不肖のわたしは、これといった取り得もないのに、機縁を借りて公の門に出入りし、公の門下生として教えを受け、今に至るまで十六年になる。公が逝去なさったとの知らせを聞いて、本来ならば義理として当然力を尽くし急いで弔問にうかがうべきであったにも拘らず、公務の都合で行けなかった。これは古人の風儀に照らして恥ずかしく、忸怩たる思いである。そこでこの祭文を千里のかなたへ封書として送り、ささやかな哀悼の誠を寄せるばかりである。上は天下が偉人を失ったことのために慟泣し、下は個人的に恩師を失ったことのために哭泣する次第である。

背景　先君はすでに亡くなっていた父蘇洵（一〇〇九～一〇六六）をいう。蘇洵は散文に長じ、唐宋八大家の一人で、著作は『嘉祐集』としてまとめられている。蘇洵は長く隠遁や遊歴の生活を過ごしたが、嘉祐五年（一〇六〇）、欧陽脩と韓琦の推薦を得て、秘書省試校書郎に任ぜられて、『太常因革礼』を編集した。

蘇軾が仁宗の嘉祐二年（一〇五七）、礼部試に及第するが、この時、礼部試の主考官であった欧陽脩に始めて知遇を得た。そして欧陽脩が亡くなったのは熙寧五年（一〇七二）のことであるから、正しく「十有六年」の師弟関係であった。

略年譜

〔仁宗・1022〜1063在位〕

西暦	年号	年齢	記事
一〇三六	景祐三	一	十二月十九日、蘇洵の次男として、四川の眉州眉山県に生まれる。父・洵は二十八歳。母・程氏は二十七歳。
一〇三八	宝元元	三	兄・景先没する。
一〇三九	二	四	弟・轍生まれる。
一〇四三	慶暦三	八	天慶観の小学に入り、道士張易簡に学ぶ。
一〇四七	七	一二	祖父・蘇序没する。
一〇五四	至和元	一九	眉州青神の王方の娘・王弗を娶る。弗は十六歳。
一〇五六	嘉祐元	二一	三月、洵・軾・轍親子三人は開封に赴く。八月、軾・轍は開封府試（科挙の予備試験）に及第。
一〇五七	二	二二	正月、軾・轍は欧陽脩が主考官をつとめた礼部試に及第。三月、兄弟と共に殿試に及第。四月、母・程氏没する。五

			月、眉山に帰り服喪。
一〇五八	三	二三	長男・邁生まれる。
一〇五九	四	二四	十月、母の喪があける。一族は開封に赴く。
一〇六〇	五	二五	春、河南府福昌県主簿に任ぜられたが、赴任せず。蘇洵は欧陽脩・韓琦らの助を得て試校書郎となる。
一〇六一	六	二六	制科に応じて第三等で及第。轍も第四等で及第。大理評事・鳳翔府簽判に任ぜられ、十一月、太常因革礼を編集する。洵及び轍と初めて別れ、任地へ赴く。
〔英宗・1063〜1067在位〕			
一〇六四	治平元	二九	十二月、鳳翔の任期を終え、開封に召還される。
一〇六五	二	三〇	正月、直史館に任ぜられる。五月、妻・王弗（二十七歳）没する。

〔神宗・1067～1085在位〕

一〇六六	三	三一	四月、父・洵没する。六月、服喪のため、故郷眉州へ向かう。
一〇六八	熙寧元	三三	父の服喪が終わる。開封へ出発。
一〇六九	二	三四	監官誥院に任じられる。王弗の従妹・王閏之を娶る。轍、制置三司条例司検詳文字となる。
一〇七〇	三	三五	次男・迨生まれる。
一〇七一	四	三六	杭州通判（副知事）に任ぜられ、十一月に着任。
一〇七三	六	三八	三男・過生まれる。
一〇七四	七	三九	密州知事に転任。王朝雲を侍妾とする。
一〇七七	十	四二	徐州知事に転任。
一〇七九	元豊二	四四	二月、湖州知事に転任。七月、朝政誹謗の科で逮捕され、八月、御史台の獄に下る。十二月、恩赦により出獄、黄州

〔哲宗・1085～1100在位〕

			（現在の湖北省黄岡市）に流される。蘇轍も兄の罪に座して、監筠州（現在の江西省高安県）塩酒税に貶される。
一〇八四	七	四九	汝州（現在の河南省臨汝県）団練副使本州安置に移される。
一〇八五	五	五〇	常州居住を許されたが、登州（現在の山東省蓬莱市）知事、礼部郎中を経て、十二月、開封に至り、起居舎人に任ぜられる。
一〇八六	元祐元	五一	閏二月、中書舎人に任ぜられる。九月、翰林学士知制誥となる。
一〇八九	四	五四	地方転出して杭州知事に任ぜられる。
一〇九一	六	五六	翰林学士承旨として召還され、吏部尚書を兼任。八月、地方転出して、潁州知事に任じられる。
一〇九二	七	五七	二月、揚州知事に転任。八月、兵部尚書として召還され

			る。十一月、礼部尚書、端明殿学士兼翰林侍読学士に任じられる。
一〇九三	八	五八	地方転出して定州知事となる。継室の王閏之没する。
一〇九四	紹聖元	五九	朝政誹謗の科で端明殿学士兼翰林侍読学士を剝奪され、恵州（現在の広東省英徳県）に流される。
一〇九六	三	六一	七月、侍妾・王朝雲没する。
一〇九七	四	六二	四月、瓊州別駕昌化軍安置を命ぜられ、末子の過を連れて海南島の儋州に向かう。
一一〇〇	元符三	六五	五月、瓊州別駕廉州（現在の広西壮族自治区合浦県）安置を命じられ、七月、着任。八月、舒州団練副使永州（現在の湖南省永州市）居住の命を受ける。十一月、提挙成都玉局観として居住地の自由を認められる。

〔徽宗・1100～1126在位〕

一一〇一	建中靖国元	六六	五月、常州へ帰る途中で大病にかかり、上表して引退。七月二十八日、常州にて死去。
一一〇二	崇寧元		閏六月二十日、汝州郟城（現在の河南省郟県）の小峨眉山に葬られる。

あとがき

中国文化が日本に与えた影響ははかりしれない。漢字の伝来とともに日本にもたらされた漢籍の数々は、その後の日本知識人の中心的な学問となり、いつか日本の伝統文化の土台に根を下ろした。今では中国文化と意識されないで、漢語・故事成語・格言・ことわざなどが、日本の言語生活を形造っている。

小社では、この中国四千年の思想・歴史・文芸の完訳を志し、「新釈漢文大系」(全一二〇巻・別巻一)を既に世に送り出している。ポピュラーでありながら漢文学の最先端の研究情報をも盛り込んだものとして人々に広く迎えられている。

この「新書漢文大系」シリーズは、「新釈漢文大系」をよりわかりやすく、コンパクトな形に編集し、漢文にあまりなじみのない読者の方々にも、中国の広大な知恵の集積を十分に味読してもらいたいと考え、企画したものである。総読み仮名の付いた書き下し文と通釈(解釈)を対応させ、その背景などについても懇切な説明を加え、どこの部分から読み始めても興味が持てるよう配慮している。

平易であっても内容の深いこのシリーズを存分に活用され、人類の知恵の宝庫を現代生活の中に広く取り入れていただきたいと願うものである。

平成三十年八月

明治書院　編集部

新書漢文大系《しんしょかんぶんたいけい》39《さんじゅうきゅう》
唐宋八大家文読本《とうそうはちたいかぶんとくほん》〈蘇軾《そしょく》〉

平成30年 9 月10日　初版発行

著　者　向嶋成美《むこうじましげよし》・髙橋明郎《たかはしあきお》
編　者　王《おう》　連旺《れんおう》
発行者　株式会社明治書院
代表者　三樹　蘭
印刷者　亜細亜印刷株式会社
代表者　藤森英夫
製本者　亜細亜印刷株式会社
代表者　藤森英夫

発行所　株式会社　明治書院
東京都新宿区大久保1-1-7
郵便番号　169-0072
電話　東京(03)5292-0117(代)
振替口座　00130-7-4991

ISBN978-4-625-66430-4
カバー装丁　市村繁和（i-media）